光文社文庫

長編推理小説

中央流沙

松本清張プレミアム・ミステリー

松本清張

KOBUNSHA

光文社

目次

中央流沙

局長の機嫌

　宴会場の料亭は札幌の山の手にあった。廊下の明りが白樺《しらかば》の幹を浮かしている。寒帯植物群の向うには、札幌市内の街の灯がネオンをちりばめて闇の下にひろがっていた。白樺には落葉がはじまっている。

　眩《まぶ》しい広間の床の前には、三十七、八の、顔の蒼白い男が坐っていた。広い額に尖った顎、ふちなし眼鏡の奥の大きな眼、全体の身のこなしなど、いかにも俊敏な人物という印象をうけた。洋服も舶来ものだし、ネクタイから靴下に至るまで洗練された色彩の統一があった。

　その横に四十七、八くらいのゴマ塩頭の男が遠慮深そうに坐っていた。小柄で、胃でも病んでいるように、頰がこけていた。洋服はかなり前につくったもののようだ。始終、顔をうつ向きかげんにしているのは酒を飲んでいるためだけではなく、身についた性格のようでもあった。農林省食糧管理局総務課の事務官山田喜一郎という男である。

これが今夜の客で、正客の左右には、自治体の幹部が上位から鉤《かぎ》の手に下座に及んでいた。その間には、農林省の出先機関の幹部と、それに関係のある地元の会社の幹部などがはさまっている。四十人以上の人数であった。

むろん、中央のあいた場所には、土地の芸者が三十人近くもいた。宴会がはじまってから二時間以上経ち、そろそろ、若い妓《こ》の踊りがはじまる時分であった。三味線はすでに次の間に用意されてある。主催者の歓迎の辞、客の挨拶という型どおりの開幕からすぐにひきつづいて、床柱前の正客は、盃を片時も放さなかった。普通の盃でなく、大型の、俗にぐい飲みという器である。

山田事務官の隣りに坐っている道庁の幹部が、そっと彼にきいた。

「局長さんは酒が強いということはかねがね承《うけたまわ》っていましたが、こういう席ではどれくらい召し上がるんでしょうか?」

山田事務官は頭を少しかしげて、慎重な答弁をするときのように、しばらく考えてから答えた。

「左様でございますね、局長は、こういう席だと、一升以上お飲みになっても平気でございましょう」

「ほほう、腰を据えてお飲みになると、まず二升でございますか」

事務官は眼をしょぼしょぼさせて、当惑そうなうす笑いを浮べた。肯定、否定、どちらでも取れるような役人持前の曖昧《あいまい》な表情だった。

「やっぱりお強いんですな」

「さあ」

道庁の幹部は、事務官の隣りにいる眼鏡の男の横顔をそっとのぞいた。局長は、その隣りに坐っている農林省の北海道食糧事務所長と話しながら、大きな盃に酒をつがせていた。酌をしている芸妓は土地で一番のはやりっこで若くてきれいだったが、そのほうには眼も向けていないようだった。

「局長さんは、ウイスキーのほうがおよろしいんじゃないですか？」

と、気をつかって道庁の役人は事務官にきいた。

局長というのは、農林省食糧管理局長岡村福夫であった。

拍手が静まると、芸者の踊りがはじまった。最初は優美な踊りである。

地方《じかた》は唄が三人、三味線は二人、宴会の余興としては正式に近いものだった。

山田事務官は、踊っている三人の真ん中の若い妓を見ていた。さきほど、局長の前に坐って酌をしていた芸者だった。遠くから見ると、まるぽちゃの可愛い妓であった。若くつくっているが、あれで、もう二十五、六ぐらいになっているのではないか。踊りも達者だし、自分でも自信がありげに見える。

山田事務官は、ははあ、と感じるものがあった。それは経験によるカンである。局長の前から離れなかったことといい、いまも目立つように踊りの真ん中に入っていることといい、この確信は崩れないように思えた。

山田は、そっと視線を局長の横顔に移した。前に置いた煙草を取上げるしぐさで、不自然でなく眼を向けたのだが、岡村局長は眼鏡の奥の眼をじっと正面に据えていた。ひどく真面目な顔で、表情には何の感情も現れていない。

山田事務官は、踊りのほうに視線を戻した。いま瞬間に見た局長の眼をその芸者に重ねていた。ははあ、と心でうなずいたが、もちろん、顔色に出す男ではなかった。

局長の酒は、いつの間にかウイスキーに変っている。膳の上のグラスには飴色《あめいろ》の液体が満たされていた。

事務官がいつも局長室で見馴れた酒だった。広い机の前でグラスをあおっている局長の姿がそこにあった。

食糧管理局長というポストは局長の中では中程度の位置である。だが、この岡村福夫は、まもなく、もっと上位の局長の椅子を獲得するに違いなかった。東京大学卒、旧高文試験に在学中に合格して、すぐに入省した。この経歴だけでも、山田事務官とは人種の違いくらいに格段の差がある。それに岡村局長は剃刀《かみそり》のように頭の切れる男である。役人としては型破りの性格だが、それが奇妙に天才的な頭脳の持主という幻覚に合致する。

省内随一の切れ者というだけではない。岡村局長がみなに畏怖されているのは、現農林大臣の山辺茂介の第一の気に入りだからだった。

政党人の農林大臣は、農政に玄人《くろうと》はだしの知識は持っていたが、もちろん、技術的な実際家ではなかった。それで、何かと岡村局長を相談相手にしている。山辺大臣は、保守党のいわゆる実力者の一人で、有力な派閥を率いているが、即興的な政策を思いつく男でもある。こういうところが、少し変った岡村局長の性格とどこか合うのかもしれない。

いままでは、他の局長連が岡村を怖れていた。人事の問題が、岡村局長の意図から大臣の意志に現れることも十分に考えられるのである。

こういうことは、もちろん省内だけでなく、関連の業界にも敏感に伝達される。いま、こうして、それほど重要な用事もないのに、したがって課長も帯同しないで来ているのに、地元の農林省の出先機関の首脳部や、自治体の幹部、業者の目ぼしいところが岡村局長を歓迎しているのは、そうした背景があるからであった。

岡村の表情には、明らかに自分の現在を意識しての自負が見えていた。

その踊りが済んだのをきっかけに、山田事務官はすっと立って廊下に出た。芸者の一人がうしろからついて来て、黙って手洗のほうへ案内した。

山田はもともと酒が強いほうである。しかし、局長の前や、こうした席では、決して多くは飲まなかった。むしろアルコール類は駄目なことにしている。随行者という役目の限界を、この事務官は永年の経験で十分に心得ていた。

手洗から出ると、さきほど案内してくれた芸者の代りに、砂糖会社の営業部長が立っていた。頭の毛のうすい、まる顔の、でっぷりした男である。

山田は、その男が自分に遠慮して手洗のあくのを待っているのかと思ったが、営業部長はついと山田の横に寄ってきた。

「どうも、お疲れのところをわれわれのために出席していただいて、ありがとうございます」

まる顔の男はにこやかに言った。

「いいえ、ご馳走になっております」

山田は軽く会釈《えしゃく》した。

「北海道は何度もおいでになりましたか？」

「はあ、二、三度ぐらいでしょう」

「局長さんはいかがですか？」

事務官は、先方が局長のことをきいたのだと知って、あわてて言った。

「局長も多分、三度か四度くらいではないかと思います」

「それでは、北海道の民謡も、もう珍しくもございませんね」

「いいえ、いつきいても楽しゅうございます」

砂糖会社の部長は、どうやら山田に話しかけるために彼を待っていたようであった。

「山田さん」

と、部長は口の臭いがするくらいにそばに近づいた。

「今夜は局長さんと定山渓《じょうざんけい》にお泊まりいただくことになっていますが……」

それは山田事務官も知っていた。ここの宴会が済んだら、札幌近くの有名な温泉地に泊まることになっている。昨夜は市内のニュー・グランド・ホテルであった。

「ところで……」

部長は少し言いにくそうにしたが、わざと気楽な笑いを浮べて、

「局長さんは、どういう女性のタイプがお好みでしょうか？　山田さんは局長さんの随行でよく出張されてると思いますからおたずねするのですけれど」

山田事務官は、ははあと思った。さっき踊りを見ていたときに感じた予感に狂いのなかったことに満足を覚えた。

「そうですな、わたしなどにはよく分りませんが」

と、彼はつつましげに答えた。

「そうですか」

部長はちょっと困った顔をしたが、

「いま踊っていた真ん中の若い芸者ですが、ああいうのは局長さんのお気に入るタイプでしょうか？」

と声を低めた。

「そうですな」

事務官は、たとえば業者が申請にきたときにいつも見せるような慎重さを示した。相手をじらせることによって、このキャリアの無い事務官は快感を覚えていた。

山田事務官は宴席に戻った。ほう、と眼をあげたのは、今度はあの若い芸者がひとりで踊っているからだった。蛇の目傘を片手に持ち、くるくる回している。

横の局長をそっと見ると、彼は背を坐椅子に凭《もた》せて煙草を吸いながら正面を眺めていた。さっきから相当飲んでいるのに、顔には少しも色が現れていない。出ているのは、踊りに吸い寄せられて、うっとりとした眼つきだった。

左手の下座のほうでは、さっき手洗のところで待ち受けていた額の禿《は》げ上がった男が、隣りの肥えた男にひそひそ耳打ちをしていた。肥えた男は、しきりとうなずいている。

山田事務官は、そのささやきが何を打合せているかを知っていた。再びそれとなく岡村局長に眼をもどすと、彼は片膝を立てて、手の煙草をグラスに替えていた。やはり眼は正面の踊りに据えたままである。

山田には、岡村の視線のはしにも業者二人の打合せる姿が入っているように思えた。その打合せが何を意味しているかも局長は察しているようである。すると、山田には局長の視線がもう一つの意味を持ってきた。

岡村局長はまだ若い。酔った色はなかったが、別な表情が蒼白い横顔に浮んできた。

局長の眼は、踊りの鑑賞からはなれ、動いている「女」を見ているようだった。

事務官は、決して自分の感情を顔には現わさなかった。だれが見ても、彼は局長のお供でこの宴席に侍《はべ》っている職務忠実な随行者でしかなかった。停年を五、六年先にひかえての退職金の計算と、その後の身の振り方の計画に専念するだけで、現在の役所には望みのない山田は、あらゆる権謀術策をもって出世競争をしている上司の群を、面白いドラマとして眺めている一人であった。

そのドラマの一ばんの主人公がすぐ横にいる岡村局長だった。そして、役所の中とは違う、もう一つの個人的なドラマ——その幕がまさにこの宴席のあとにあがろうとしていた。定山渓温泉の宿に着いても、ひとりで寝るつもりの山田は、局長に対するひややかな観察者であった。

もちろん、業者は、この事務官にもそれとなく女をすすめるかもしれなかった。しかし、そのときの山田の答えはできている。（わたしはそんな身分ではありませんん。局長のお供できているものですから、それは困ります）

あらゆる場合に局長と同格では随行者の分《ぶん》を侵すことになる。そのくせ彼は、旅先の局長を年上の立場から仔細に監視していた。

役所に帰ると、同僚は訊くに違いない。

（岡村局長はどんなふうだったね？）

これに対して山田の答えは二通り作られている。一つはそれほど親しくない者か、

あるいは、すぐにほかに伝えそうな口軽な相手には、

(さすがに岡村さんだね、視察も熱心なものだ)

と言う。だが、自分と同じ立場で、先の望みのない老朽職員にはこういう。

(全く役所と同じで、あの若輩《じゃくはい》がどこへ行っても威張り散らしていたよ。夜なんか女なしには寝られない男でね……)

踊りが終って、拍手が一斉に起った。芸者は、たたんだ扇子を前に真一文字に置いて一礼したが、顔をあげたときの眼が正面の岡村局長にぴたりと向けられた。客だから当然とはいうものの、これも山田事務官には意味ありげに見えた。思うに、その芸者も因果を含められているに違いなかった。

「伺いますが、あの芸者は何という名ですか?」

と、山田は隣席にきいた。

「秀弥《ひでや》です。なかなかいいでしょう」

と、その男は言った。

踊りが済んで少し上気した秀弥が局長の前に坐った。

局長は早速盃を取って彼女にさした。

「恐れ入ります」

局長のつぐ酒に、秀弥は軽く頭を下げて微笑していた。下ぶくれの、ちょいと可愛い感じの女だった。眼がきれいだが、大体、北海道の女は眼が澄んでいる。

彼女は飲み干した盃を局長に返した。

「局長さんはこちらでございますね？」

と、秀弥が返盃にグラスのウイスキーを満たそうとすると、

「いや、普通の酒でいいよ」

と、局長は言った。

「あら、そうですか。では、どうぞ」

秀弥が銚子《ちょうし》を取上げた。

そういうやり取りを山田は眼の横で見ていた。自分の前にいるのは年増《としま》の芸者で、白豚のように肥えていた。

そのとき女中が入ってきて、地元のだれかに耳打ちした。その男は局長のほうを見たが、少しためらった様子で、女中に何か言った。

女中は忍び足で山田の前に寄ってきて、

「あの、東京からお電話でございますが……」

小さな声で知らせた。

「ぼくに？」

「いえ、局長さんにということでございますが、本省の方だそうでございます」

山田は、ちょっと局長のほうをふり向いた。秀弥が席を局長のすぐ傍に移して、笑いながら盃のやり取りをはじめていた。

山田事務官は黙って起った。

座はようやくざわつきはじめていた。末席の一人が芸者の三味線で追分を歌い出した。

その声が背中で遠くなるのをききながら山田は、女中の案内で長い廊下を歩いた。

「こちらでございます」

電話室の中に、受話器がはずされたまま置いてあった。山田はドアを閉め、耳に当てた。

「もしもし、山田事務官ですが。どなたでしょうか？」

「山田君か。ぼくは黒川だが……」

黒川というのは食糧管理局第一部長だった。

「あ、部長さんですか」

「局長は？」

「はあ、局長は、ただいま市の首脳部から陳情をきいておられるところでございますが」

「そうか……」

幸い電話室のドアが閉まっているので、宴会の騒ぎは遮断されていた。

「すぐ局長を呼んでもらえないか」

食糧管理局第一部長の黒川は受話器から性急な声で言った。

「はあ」

山田事務官は腕時計を見た。やがて九時になろうとしている。こんな時間まで部長が残っているのは普通ではないと思った。予算編成期は迫っているが、まだ火がつくほどでもないし、重要な問題が目下あるともきいていない。殊に黒川部長は、いつも早く退庁するほうである。

これは何か起ったなと、山田は直感した。多年の経験である。

「お急ぎでございましょうか？」

と、丁寧に問い返した。急ぐから電話したとは分っている。しかし、こちらは局長の随行者だ。いわば局長の都合に味方しているという強みがあった。上司の威をかりて相手を焦《じ》らす習性が、ここにも鄭重《ていちょう》な意地悪さで出た。

「非常に急ぐ」

と、黒川部長は言ったが、事務官は、その声が沈痛をおびているのをきき分けた。やはり何か問題が起ったのである。

「どういう件か、局長に申しあげなくてもよろしいでしょうか？」

と、山田はまた言った。せっかくの愉しみのところを、東京からの電話に呼び出される局長の機嫌を斟酌《しんしゃく》したのである。いや、これは黒川部長にも配慮するように見せかけたのである。

「そうだな」

部長も、その点はちょっと考えたか、少々ためらった。ほかの人間ではない。岡村局長は不羈《ふき》奔放な性格だ。機嫌の悪いときは部長などを怒鳴りちらす。

「いや、やっぱり局長自身に出ていただこう」

と、黒川部長は言った。そこまで言われると、随行者も深くは聞けない。

「では、少々お待ち下さい」

「君々」と、部長は、あわててたしかめた。「局長は、ほんとに陳情を聞いているんだろうね？」

「はい。でも、いまは、それも終って宴会になっておりますが」

部長はまた沈黙した。局長の愉しみを中断するのをやはり考慮しているのだ。山田は、黒川部長が電話をあとでかけ直すと言うかなと思ったが、黒川は、

「いや、やっぱり呼んでもらおう。大事なことだからね」

と言った。

「分りました。いま、お迎えに行って参ります」

やっぱり重要なことが起った。一体、何だろう。廊下を伝って宴会場に戻る山田には興味津々《しんしん》だった。何を緊急に報告するのか分らないが、どうやら、いいことではなさそうである。これが愉しい。

もとの座敷へ戻ると、岡村局長は秀弥をそばに引きつけて、ほかの芸者の踊る大漁節を眺めていた。

「局長」と、山田は彼のそばに侍《は》い寄って耳打ちした。「ただ今、黒川部長が電話をよこしまして、電話口に出ていただきたいと申しております。局長直々《じきじき》に用事を申しあげると言っておりますが……」

岡村局長は、事務官にささやかれて席を立った。何気ない調子で出て行くのへ、一座の者がそれとない視線を送った。彼はやはり今夜の主役である。

横についていた芸者の秀弥がつづいて廊下に出たのは、案内をするつもりらしい。

局長の中座が事務官の耳打ちからはじまったので、一座の中ではだれも手洗に行ったとは思っていない。自然と、そこに残っている山田事務官にものききたそうな顔が二、三集まった。

山田は素知らぬふりで、正面の大漁節の踊りを眺めている。

「山田さん」

彼の横に、農林省の出先機関である出張所長が銚子を手に持って膝を寄せてきた。

「いかがですか？」

「いや、これはどうも……」、

山田事務官は律義《りちぎ》にお辞儀をして、前の盃を両手で取った。

「あなたもご苦労さまですね。局長のお供ではお疲れでしょう」

出張所長は随行の労をねぎらった。

「ありがとうございます。いいえ、わたしなどはただぼんやりとついているだけで……」

と山田は盃を飲み干して、

「失礼いたします」

と、相手に返盃をした。

「やあ、どうも」

所長は声を低め、

「山田さん、局長には本省から急用の電話でもかかったのですか？」

と、酒をうけながら上眼づかいにきいた。さすがにカンはいい。

「はあ、そのようでございます」

山田は控えめに答えた。

「ははあ、いまごろ局長を呼び出しての電話とは、だいぶん忙しいようですね。本省のどなたからでしょうか？」

「なんでも、第一部のようですが」

部長とは言わなかった。

「第一部？」

出張所長の眼がキラリと光った。山田の顔をじっと見つめてもの問いたそうにしていたが、さすがに露骨にはきけないのか、

「なるほど、なるほど」

と、ひとりでうなずいた。

「山田さん、わたしも前には第一部にいたことがあって、あそこには知った人間も

多いんですよ。局長を呼んだのはだれですか？」

所長は先輩ぶってきいた。

「だれでしたか、わたしには馴染みのない名前でしたが、とにかく第一部ということで」

「用事は言いませんでしたか？　いや、大体の輪郭でも……」

「一向に」

と、山田は揃えた膝に手をおろした。

「わたしは随行者ですから、ほんとに何も分りません……」

属官らしい謙虚な返事であった。

秀弥がひとりで座敷に戻ってきた。岡村局長の姿はまだ帰らない。山田事務官が、おや、と思っていると、女中が彼の傍にきて、低くささやいた。

「あの、局長さんがお呼びでございます」

山田はうなずいて静かに起つ。

廊下に出ると、向うのほうに岡村局長がぼんやりしたかっこうで立っていた。

「お呼びでございますか？」

岡村局長はすぐには返事をしないで、どこかを見つめているような表情でいた。

「君」と、局長は言った。「今夜東京に行く飛行機はないかね？」

「は？」

予定を変更したとは、その一言で山田事務官にはすぐに分った。むろん、これはさっきの電話に関連がある。しかし、随行者は、そこまで立入ってきくことは許されなかった。

山田は腕時計を見た。九時半になっている。

「飛行機はもう無いと思いますが」

「深夜に出る便があるだろう。オーロラ号とかいうやつがあるはずだ」

岡村はいらだたしそうに言った。

「はあ……」山田はたしかに、その飛行機が午前一時に千歳を出るのを思い出した。

彼は失策したように頭を下げ、

「早速調べてみます」

と、いそがしく答えた。

「席がとれたら、それで帰ることにしよう」

「はい」

「これからあとの予定は全部取消しだ。地元の人に君から、そういうふうに言ってくれたまえ」

「分りました」

「その理由だがね……」局長は首をちょっとかしげて考えていたが、「本省に呼び帰されたというのはちょっとまずい……そうだ、ぼくのプライベートな急用ができたとでも言ってくれたまえ」

「はい……局長、それはどのような種類の用事だと申しましょうか？　これからの予定を全部取消すのでございますから、その辺はもう少し具体的に言ってやらないと、いろいろと臆測すると思いますが」

「うむ」

岡村はうつ向いて二、三歩歩いたが、立停まると、

「仕方がないね。ぼくの女房の母親が急病だとでも言ってもらおうか」

「……」

「そうだ、そう言ってくれ」

「かしこまりました」

岡村の岳父は、かつて、ある省の次官にまでなった人である。退官後のいまは、政治的なほうには野心を棄て、小さな会社を経営している。岡村がその娘を貰った

のは、その男がまだ次官でいたころだった。つまり、岡村は将来を見込まれたのだった。

山田は、そこでうっかりと言った。

「局長、そういうふうにみなに伝えますと、奥さまのご実家のほうに見舞などが参りませんでしょうか？」

「そんなことはいいんだ」

岡村は、やや激しい声で言下に答えた。

「はい」

山田は、よけいな口出しを詫びるように頭を下げると、

「では、そのように取計らって参ります」

と、局長の傍からそそくさと離れた。

山田事務官が岡村局長の予定変更を伝えると、地元側は一斉に動揺した。だが、局長の妻の実母が急病のために帰京するというのでは、引き止めようもなかった。

山田の頼みで、すぐに深夜の飛行機の切符が手配された。それは確保できた。

「局長さんの奥さまのお母さんというのは、前からご病気だったのですか？」

「どこが悪かったのですか？　いま、よほど重態なのですか？」

という質問が事務官を目がけて殺到した。

「さあ、わたしも実はいまはじめてそのことを知ったわけです」

と、山田事務官は眼を伏せて答えた。

岡村局長の岳父が元次官だったことはだれでも知っている。だが、もちろん、地元の連中の大きな関心は、現大臣とのつながりを持つ実力局長の岡村の存在だけだった。元次官夫人というよりも、局長の義母ということで彼らはその容態を気づかっていた。しかし、これも見たことも会ったこともない老女に同情しているのではなく、岡村局長の機嫌取りであることはいうまでもなかった。

「局長は、そういうご病人があるのをあなたにも知らせなかったんですか？」

と、一人がきいた。

「はい……局長は、私事にわたることは一切わたしども随行者にはおっしゃいませんから」

山田はつつましく答えた。

「なるほど」

一種の感歎の声が、山田を取巻く地元の人びとの間から起った。家族の、いや、この場合は家族ではないが、身内の病人を秘して公務出張に精励している局長に一種の感動を覚えたのであった。

「さすがに局長は立派ですな」

「ご心配だったろうに。われわれには、そんな顔を少しもなさらなかった」

そういう声さえあがっていた。

冗談じゃない。自分の実母ではあるまいし、女房の親が病気だからといって、何が心配ごとを隠した公務の遂行か。取ってつけたお世辞に馴れている山田も嗤《わら》い返してやりたくなった。しかも、これが作りごとなのだから、山田には滑稽だった。

山田を取巻いていた連中は、そこに岡村局長が現れると、忽《たちま》ちそっちに輪を移した。

「局長、いま山田さんから伺いましたが、どうもご心配なことで……」

「さぞお気がかりなことでございましょう」

「そんなこととは知らないで、われわれが勝手に騒いで申しわけありません」

みなは岡村に頭を下げ、まるでもう悔やみのようにしんみりと挨拶を述べていた。

岡村は、とりかこまれて、

「いや、どうも」

と、短く会釈《えしやく》するだけで、額に皺《しわ》をつくり、深刻な顔をしていた。

（心配ごとはほかにある！　東京に何が起ったのか）

山田は恰好ばかりそわそわしながら、眼の端には局長の様子ばかりを眺めていた。

にぎやかだった座敷が急に白けた。

「山田さん、局長の奥さまのご実家の住所はどちらでしょうか？」

一人が早速ききに来た。山田は、きたな、と思った。

「さあ、わたしは何も知りませんけど……」

彼はどこまでも控え目に答えた。

「それは弱りましたな。いや、お見舞をしなくてはと思いましてね……」

きいた人間は困った顔をしているので、山田は言った。

「岡村局長は、そういうことはあまりお好きでないようなので、そのご心配は無用じゃないですか」

ここで相手がその住所を調べ出して見舞品でも送りつけたら、岡村は困るだろう。いや、困るのは構わないが、彼は必ず随行の山田事務官を叱るに違いなかった。

（ついている君がボヤボヤしているから、こんなことになるのだ。なぜ、適当におさえておかなかったのだ？）

と、こんなふうに怒るだろう。岡村は、そういう性格だった。怒鳴るときは人前も何もあったものではない。

「どうか、そのご心配はなさらないように。あなたからほかの方にも言って下さい」

と、山田は、地元のその男に強く言った。

これも岡村局長がいかに清廉潔白であるかを宣伝してみせることになる。もとより、それが岡村の耳にまわって入ってくることも山田は計算していた。

「そうですか」

と、その男はうなずいて山田から離れたが、案の定、ほかの者にもコソコソとそれを話しているようだった。

当の岡村は元の座に坐って秀弥の酌を受けているが、いかにも興ざめた顔つきだった。もっとも、その不興の理由は山田だけに分ることで、他の人間には、局長が義母の容態を気づかっているとしか映るまい。それでも地元の連中は、局長が坐りこんで酒を飲みはじめたので、それにならった。むろん、前のように座は浮き立ちはしなかった。

飛行機は夜中の一時に千歳を飛び立つ。それまで三時間はたっぷりあった。

秀弥は岡村の傍に坐って愛嬌よく酌はしているが、これも予定が変ってからは、なんとなくサービスに力をぬいた感じだった。むしろ、今夜、定山渓での義務を免れてほっとしているのかもしれない。ひどくサバサバした顔つきだった。

　それにくらべ、岡村の微笑はなんだか引きつったような表情である。山田事務官はまた思った。

（いまごろはあの女と車に相乗りでそろそろ定山渓に向かうところだが、惜しいところで本省から待ったがかかったものだ。岡村はさぞかし残念無念というところだろう……それにしても、夜中に急に東京に帰ると言い出すからには、よほど変ったことでも起ったのだろうが、一体、何だろう……）

　またしても、この興味ある疑問につきあたる。

　山田事務官には、この予定変更がひどくうれしかった。局長のつき合いで味気ない一夜を送るよりも、早いとこ東京に帰って子供の顔を見るほうがどんなにいいか分らなかった。しかし、その感情を絶対に顔に出す男ではない。

事件の発生

北海道を午前一時に発《た》った飛行機の中で、岡村局長は、不機嫌そのものだった。千歳空港では見送人にそれでも愛想よく応対していたが、機体が夜の空に舞い上がると、局長はもう窓からの空港に一瞥《いちべつ》も与えなかった。フィンガーには地元の見送人がかたまっているはずなのに、その好意も黙殺した。

真夜中のことで、席はすいていた。山田は岡村から一つおいて坐っていたが、離陸後、岡村はあたりを見まわし、

「君はどこか別な場所に移りたまえ」

と命令した。

「はい」

山田はこそこそと立って、ずっとうしろのシートに移った。別に好きこのんで局長と同列の席にかけていたわけではないが、これも随行者の心得としてあまり離れてはいけないと思っただけである。追っ払われたのが幸いで、かえって気楽になっ

たが、問題は、局長のその追立てかたにある。岡村は、いかにも一人でいたいから
おまえは邪魔だと言いたげであった。

お天気者の岡村は、気がむくと山田を相手に話しかけるが、そうでないと、険悪な表情で彼を近づかせない。いまの彼の不機嫌さは、本省に急に呼び戻される原因にあるようだった。もちろん局長には、その原因が分っているに違いない。それが決して愉快な内容でないことは、あの料亭で電話をきき終った途端から彼の顔色が変ったのでも分る。

スチュワーデスが来たので、山田は毛布を要求した。座席をうしろに倒した彼の膝にスチュワーデスが丁寧に毛布をかけてくれた。カーテンをめくると、窓には冴えた星がいっぱい光っていた。

山田は腕組みして、ときどきうす眼をあけては、ずっと前の席にいる岡村の頭を見ていた。局長は容易に睡れないらしく、背中をもじもじと動かしていた。

（やっこさん、よっぽど東京の用事が気にかかるとみえる）

事務官は考えた。

（あの男は、いま得意の絶頂にいるはずだ。実力大臣と密着して出世街道を驀進《ばくしん》している。だれが見ても、次官の地位はそれほど遠くない将来に約束されている。

少々なことではおどろかないあの男が、何をくよくよしているのだろうか）

日ごろ役所では広い局長室にひとりで籠っている岡村を、ここでは一切の壁を取払って眺めているわけで、なかなか興があった。

（それとも、今夜せっかくの愉しみを邪魔されたのでいらいらしているのだろうか）

局長ともなると、高度で複雑な用事をいっぱい抱えている。また、旅先での愉しみも随行の事務官などには及びもつかない奥行きをもっていた。役所での面倒な問題も、その高度な仕事ゆえに起ることであった。

そこへゆくと、ヒラ事務官は気が楽だった。どんなことがあろうと、責任の及ぶ地位ではない。

山田は、いつの間にかウトウトしはじめた。飛行機の爆音は、耳もとに唸るアブの羽音のようにものうくきこえて睡気を誘ったし、ときどきの震動もまたそれを助けた。

しかし、山田はふいと眼ざめることがあった。やはり局長のお供という意識が完全な解放感になっていない。眼をあけて前方を見ると、岡村の席からは煙草の煙が上がっている。

局長は容易に寝つかれないようだった。

飛行機は羽田空港に着いた。午前二時三十分である。

いつも忙しい空港が深夜の静寂の中にあった。フィールドに飛行機が少ないのも、たいていは格納庫の中に仕舞われているからであろう。明るい照明灯の中で動いている係員もわずかな数だった。いかにも睡りの中に場違いに到着した飛行機という感じだった。

タラップを降りるとき、山田事務官は逸早《いちはや》く岡村局長の鞄《かばん》を持ってうしろに従っていた。機がエンジンを止めたときに山田は局長の席に行って、その鞄を受取り、お愛想に、

「お疲れでございましょう」

と言ったが、局長は返事もしなかった。

いつも賑やかな迎えの出ているフィンガーにも人影がなかった。山田は局長のあとに従って長い廊下を到着口のほうに歩く。深夜の冷えが肩に感じられた。

到着口に入ると、向う側の待合室の中に、札幌に電話をかけてきた黒川部長の顔と、年配の課員と、若い課員の姿があった。ここも出迎人が少ない。

黒川部長は岡村局長の前に進んで、

「ご苦労さまでございました」

と、頭を下げた。ほかの課員二人も丁寧にお辞儀した。局長のうしろにいる山田に眼を向けたのは年配の課員一人で、これはもともと同僚である。

「おそいのにすみません」

と、局長は部長の出迎えに応えた。

「局長、ちょっと」

と、部長は小声で呼んで、岡村を向うの隅につれて行った。

取残された三人の事務官は落ちつきの悪い顔をして、向うの密談が済むのを待った。

「北海道はどうでした？」

「いや、向うもすっかり寒くなっていましたよ」

「飛行機の中は睡れましたか？」

「ええ、なんとか」

「さすがに乗客が少ないですね」

「半分以上がら空きでしたな」

「それじゃ、寝台みたいに横にもなれますね」

そんな当り障りのない会話が三人の間に取交わされた。山田の眼はちらちらと、向うの隅で密語を交わしている局長と部長の姿に走った。

両人は顔を寄せ合うようにしているが、主に話をしているのが部長だった。局長の眼鏡がときどき光ったが、それがいかにも彼の神経質を象徴していた。

山田は部長の報告の内容を知りたいのだが、ここではうっかり聞けなかった。一人は彼の同僚だが、一人は違っている。

それは年齢的な違いというよりも、若い事務官が「有資格者」だったからだ。日比谷高校、東京大学と進み、上級国家公務員試験にパスしている。いわば出世コースにある幹部候補生だった。額が広いところなど、いかにも秀才らしい風貌をもっている。

ようやく向うの立話が済んで、局長から先に戻ってきた。

「じゃ、山田君、君はこれで家に帰ってくれたまえ」

「はあ」

「ご苦労でした」

局長と部長が車のほうに歩き出したあと、事務官たちは残った。ただし、若い有資格者だけは部長のお供を許された。

山田事務官と同僚とは、局長たちの乗った農林省さし回しの車が走り去るのを見送って、タクシーの溜まり場に歩いた。

同僚は藤村という男である。山田よりは三つ若いが、農林省に勤めてから二十年以上になる。

「一体、何があったんだね？」

と、山田事務官は早速、その藤村にきいた。髪のうすい藤村は長い頭を傾けるようにして、

「汚職が起ったんだ」

と言った。

「汚職？」

山田は車の溜まり場に近づいて足を止めた。夜明け前の空港前には人影がまばらで、タクシーの数の方が多かった。

「食品課の倉橋課長補佐が重要参考人として警視庁に呼びだされたんだよ」

「倉橋君が？」山田は意外なという顔をした。「ちっとも知らなかった。前から、その気配があったのかな？」

「全然ない。まったく寝耳に水だ」

「いままでの例として、警視庁の摘発は業者のほうからはじまるのだが、それもあんまり気づかなかったな」

「今度はケースが違うんだ」

「ほう」

「係長の大西の生活が急に派手になって、それで目をつけられた。ま、こういうわけだ」

と、藤村が言い出したのは、大西係長が最近自家用車を買った、それにバアの遊びが頻繁になって、愛人ができた、そんなことから警視庁の内偵がはじまったという。

「それも面白いんでね。大西がそんなふうに遊び出したものだから、女房がやきもちを焼いたんだ。お定まりの夫婦喧嘩が毎晩のようにはじまる。女房は、公務員住宅にいる知合いの文部省の役人の細君のところに泣きこんでゆく。そこで、文部省の細君がおさまらなくなって亭主につっかかって行ったというわけだ」

「大西君にかね？」

「いや、違う。自分の亭主にだ」

「はてな、浮気をしているのは大西君だろう。それを自分の亭主に食ってかかるというのはどういうわけだ？」

「つまりだな、文部省の細君は大西君の細君ほどに恵まれていないというわけだ。たとえ亭主が浮気をしようが、大西君の家庭は豊かになった。文部省の細君が羨望したというわけだな。結局、貧乏暮しをさせている亭主が怪しからんというわけだ。もっとも、文部省では、汚職しようにもあんまり利権はないからな」

「その文部省の細君の気持は分らないでもないね」

と、山田はうなずいた。

「それで文部省の亭主が弱って、ここでも夫婦仲が悪くなる。なにしろ、そこが公務員住宅というアパートだから、ぱっとひろがる。その辺から投書が警視庁に行ったらしい。これは今まであんまりなかったケースだ。これまで、汚職事件のきっかけになる投書といったら、たいていが利害相反する業者仲間だったからね」

二人はタクシーのドアを開かせた。

「それで、容疑内容は何だ？」

山田事務官は同僚の藤村にきいた。車は羽田空港の外を大きく回って高速道路に乗っていた。しんと寝静まった夜中だが、東京の灯は生きもののように輝いている。

「いろいろ言われているが、まだ真相は分らない」

藤村は言った。

「何だろうな？」

山田は食糧管理局第一部の所管事項を考えている。それから、業者との結びつきで何が利権に最も関係があるのかを思案していた。

普通、汚職は贈賄側の業者からバレてゆくのだが、今度の場合はいきなり倉橋がつかまったので、まだはっきりとした内容の推定がつかない。

よく聞いてみると、それも昨日の夕方ということで、幹部のほうもてんやわんやらしい。

「それで、局長はあわてていたんだな」

と、山田は、札幌の料亭で岡村局長が黒川部長から電話をきいたときの顔色をまた思い出した。

「さっき、二人でこそこそ話をしていたな」

「うむ、だいぶ両方とも深刻な顔だった」

「少しは薬になる」

と山田が言ったので、え、と藤村はききとがめた。

「何と言ったんだ？」

「局長だ。あの若造がどこへ行っても威張りくさって、見ていられなかったよ」

「あの岡村はまた特別だからな」

「鼻持ちがならない。まるで大臣が視察に行ったような気分でいる」

「地元では岡村の勇名を知っているので、下にもおかなかったろう？」

「両方ともひどく儀式ばっていた。岡村は尊大に構えているし、地元の連中は平身低頭で餔いつくばっているし、見ていてこっちはふき出したくなったよ」

「君も歓待をうけただろう？」

「こっちはひたすら局長のお供ということでつつしみ控えていた。そのほうが、あの岡村の気に入るからね。……しかし、思いやりのない男だ」

「旅さきでもかい？」

「ああいう種族は、徹底した利己主義だからね。自分さえよければいいのだ」

「何しろ、出世が確実に約束されているからな。さぞ、酒をガブガブ呑んだことだろうな？」

「いや、それがあの男の利口なところでね。だいぶんセーブしていたよ。本省の局長室では傍若無人だが、地方では気をつかっていた。悪評を立てられないように、そこは用心している」

「やはり、細工がこまかいね」

「豪放をてらっていても、根は小心な男なんだ。自分をできるだけ型破りの局長に見せようとしているが、マヤカシものだ。要するに秀才型の役人だよ。だから、見ていておかしくなった。今度の旅で愉しかったのは、岡村の生態を始終観察できたことだな」

車は高速道路を走りつづけていた。

山田事務官は杉並区方南町《ほうなんちょう》に住んでいる。藤村事務官は渋谷区幡ヶ谷《はたがや》に住んでいる。同じ方向だから、高速道路を甲州街道に下りた車は、まず最初に幡ヶ谷で藤村事務官を降ろした。

「わざわざどうも」

と、山田は、深夜の藤村の出迎えを謝した。

「いや、お疲れさま」

「いまからゆっくりやすんでくれたまえ」

「君こそ疲れたろうから、少しくらい出勤が遅れてもかまわないだろう」

「いや、そうもいってられないが……」

そんな別れ際の話をして、藤村は路地の奥に入った。空が少し明るくなっていた。

山田は方南町の通りで降りた。手には北海道で貰った鮭の粕漬《かすづけ》のみやげをぶらさげている。風呂屋の角を曲った路地の奥に自分の家があった。長い間貯金をして、三年前にやっと建てた家である。まだ払いがすっかり済んでなく、ボーナスごとに残りを入れている。が、山田は、アパートに居る藤村にくらべると、いくらかましだと思った。

ブザーを鳴らすと、玄関に明りがついて、女房が格子戸をあけた。

「あら、お帰りなさい。もう、お帰りになったの？」

女房は寝巻の上に羽織をひっかけ、衿元を掻き合せた。

「うむ」

山田は腰を下ろして丁寧に靴を脱ぐ。万事几帳面な性格だった。その間に女房は格子戸に差錠をかけながら、

「お腹《なか》の具合はどう？」

ときいた。

「うむ、パンでも焼いてもらおうか……いや、こういうものを貰ったから、一本つけてもらおうかな」

と、鮭の粕漬の箱を差出した。

六畳の間の襖《ふすま》を細めにあけると、子供が三人、蒲団《ふとん》をならべて寝ていた。山田は、一番末の小学校六年生の子の顔をのぞきこんだ。

「あんた、子供が起きますよ」

と、女房がガスに火をつけて言った。

山田はひとりで洋服を脱ぎ、着物に着替えて茶の間に出た。鮭の匂いがしている。

「ずいぶん予定より早かったんですね？」

女房は台所から言った。

「うむ、事故があってね」

山田は煙草を吸いながら言った。

「事故？」

女房がびっくりして顔を向けた。

「なに、こっちには関係のないことさ」

「役所のことですか？」

「局長がね、泡を食って急に東京に戻ることになったんだ。それで一日早く帰って来たんだよ」

「局長さんに何か起ったんですか？」

「よく分らないが、どうやら大きな事故があったらしいな。奴《やっこ》さん、せっかく出世街道を歩いていたのに、これで当分ストップかもしれない。悪くすると蹴落される」

まことに爽快な気分だった。

山田事務官は、翌朝早めに登庁した。

普通なら、局長の供で出張し、今朝の二時半に戻ったのだから、ゆっくりと出てきても大義名分は立つわけだった。が、今朝はおちおちと家にいられない気持である。岡村局長を急に北海道から呼び返した突発事の正体を知る愉しみであった。

九時十五分前、山田は、自分の机の前に手さげ鞄を置いていた。もちろん、課長も課長補佐も係長もまだ出勤してなく、同僚の姿もまばらだった。

「お早うございます」

と、若い課員たちは、一応年長者であり、この課では先輩の山田に挨拶した。

「お早う」

山田は無愛想に会釈する。

年下の課員には、いわゆる有資格者が多かった。彼らは将来の出世が約束されている。山田も七、八年前は、そうした連中にいくらか遠慮したものだった。いつかは彼らが自分を追越して上司となる。未来の顚倒した位置を考えて何となく斟酌《しんしゃく》したものだが、停年を間ぢかに控えた彼には、もう、そんな将来の遠慮はなかった。自分がいる間に、彼らが自分を追越すことは絶対にないのである。

山田がそうした気持になったのは去年あたりからだった。実務の上では、彼らの知恵は自分の足もとにも及ばない。まったく赤ん坊同様だった。彼らに意地悪をしようと思えば、どんなことでも出来た。

山田は、若いとき軍隊に行って同様な場面を見たことがある。同じ初年兵でも幹部候補生となると、下士官の連中はいくらか遠慮したものだった。将来かれらが上官になった場合を考えて、そうした斟酌になった。だが、班の上等兵や古年次兵たちは遠慮会釈なく幹候を痛めつけた。こうした幹部候補生がたとえ上官になったにしても、それまで古年次兵たちは軍隊に残ってはいない。古年次兵たちの名目は、将校になる男だから兵隊のことをみっちり仕込んでやるというにあった。いまから二十四、五年も前の話である。軍隊は官僚組織の典型だった。

同様の心理が、こうした若い有資格者に対していまの山田に働いている。すなわち、十年前は、かつて見た軍隊の下士官のように幹部候補に遠慮していたが、現在では古年次兵の気持になっていた。どんなに意地悪をしても、もう、こんな役人社会で仕返しを受けることはない。いや、役人社会では彼をそれまで置いてくれないのである。

——山田は、いま出勤している若い連中の様子をじっと見ていた。だが、そこには何の変化も見えない。普通どおり机の前に坐ってペン皿を出したり、綴じこみを抜き出したりして、いつでも仕事にかかれるようにしている。ふだんと変りのない仕事前の風景だった。

課長補佐の席は三つあった。いまは、そのどれにも人はいなかった。だが、そのうち二人は間もなく出勤して二つにかけるだろう。一つの椅子だけがあくことになる。

その予定になっているはずの倉橋課長補佐の机に、小さな花瓶が置いてある。その中に、今朝課の女の子が入れたらしい黄色い菊の一輪咲きがあった。

電気時計が九時に近づくにつれて課員の数はだんだんふえてきた。それぞれの係長たちも机についた。二人の課長補佐もきた。

主のない机は倉橋課長補佐と大西係長のものだけだった。出張中のときのように、きれいに片づいている。

課長はまだ姿を見せなかった。

藤村がそっと山田の横にやってきた。

「いやに早いじゃないか」

「ああ、なんだか習慣で眼が時間どおりに醒めてね」

山田はそう言うほかなかった。まさか局長を呼び戻した事故のことが気にかかって家に落ちついていられなかったとも言えない。

だが、もちろん藤村は察していて、

「ご苦労だな」

と言った。

ご苦労だな、というには二重の意味がある。出張から夜中に戻って定時きちんと出勤してきたねぎらいと、山田の抱いている興味への皮肉であった。

「だれもまだ気がついてないようだね」

と、山田はあたりを見回して小さな声で言った。

「うむ」

藤村も眼だけ動かして山田の肩を軽くつついた。あっちに行こうという誘いであった。山田は藤村が立去ってからも、わざと煙草を少し吸って、さりげなく立上がった。

エレベーターで屋上に上がると、藤村がもう寒くなった朝の風に吹かれて立っていた。

「分ったかい？」

と、山田は眼を輝かし、口に笑いをうかべてきいた。

「大体、見当がついた」

藤村は、遠くの靄《もや》の中にある街並みを見ながら言った。

「早いな」山田はほめた。「どこからきいてきた？」

「まだだれからも話はきかない。だが、自分で考えたのだ。大西が警察に引っぱられ、倉橋課長補佐が参考人訊問に呼ばれている。このかたちをそのまま業務の面に結びつけてみた」

「すると、どうなる？」

「大西は生活が派手になって、そこを怪しまれて引っぱられたというのだが、単純に考えると使いこみとしか思えない。ほかに連累者《れんるいしや》が出ないのだからね。たとえば、外部の業者からは、そうした嫌疑者は今のところ、一人も出ていないからな」

「うむ」

「だから、これは単純な大西の使いこみとしか考えられない。しかし、大西の担当では出納を扱う部門はない。たとえば、終戦まもないときの田島の場合とは違う」

田島事件は、その前代未聞の多額な使いこみが、いまでも時たま話題に残っているくらい有名であった。伝票や帳簿に水増しをつけて、その差額を着服していた農林省の若い下級職員だった。

「あの事件以来システムを改めてるから、たとえ、そうした部門でも前のようなことは容易にはできなくなっている。まして大西は、そういう出納的な仕事を持っていなかった。単純な使いこみなどではないな」

「では、何だね？」

と、山田はもどかしそうにきいた。

「やつのは砂糖だよ」藤村は屋上の風に吹かれながら言った。

「砂糖？」

山田は問い返したが、大西は原糖の輸入割当てを担当している。原糖の割当ては、ほとんど大手にこれまでどおり率が決まっていて動かしようがないのである。大手がそれを割当てられるまでは各社の猛烈な運動が政界方面に働きかけられた。その結果、農林省では現在の割当て率を決めて、ほとんど例年変ることがない。

また、たとえ大西がどこかの砂糖会社から金をもらって特別な便宜を図ってやったとしても、それは一介の係長の権限でできることではない。たしかに事務的には大西はその当事者の一人だが、命令は上からきている。彼の自由裁量になるようなものではなかった。

次には、仮にそのようなことがあったとしても、まだ、このことは表に出ていない。新聞社も嗅《か》ぎつけていなかった。ということは、これまでの例で、まず贈賄者側から検挙されるのが普通になっているのに、そういう現象が見えていない。

だから、藤村が突然砂糖だと言っても山田にはぴんとこなかった。

「やっぱり彼の派手な生活から洗われたんだろうな」と、藤村は山田の疑問に答えた。「ずいぶん金品をもらっていたらしいからね」

「すると、今度は検挙の順序が逆になったわけだな。彼の口から贈賄者が引っぱれるというわけか？」

「そういうことになるだろう」

「一体、その会社はどこだい？」

と、山田も砂糖会社の名をいくつか浮べた。

「大手じゃない。二級だが、合同製糖だよ」

「合同製糖？」

山田は、なるほど、それなら考えられぬことはないと思った。

合同製糖というのは政治的な思惑によって中小砂糖会社が統合したもので、農林省への働きかけがものすごい。

「砂糖の自由化が目の前に迫っているので、どこの砂糖会社もいまのうちに大いに儲けて資金の蓄積をしようと、必死になっているのだ」と、藤村は言った。

「だから合同製糖としても、自由化が実現するあと三年ぐらいの間にできるだけ割当てを多くもらい、ひと儲けしたくなったんだな。もちろん、政治家や役所の上のほうにも手を回しているだろう。可哀相に、係長の大西や課長補佐の倉橋は、この犠牲になったんだ」

山田は、それをきいて岡村局長の狼狽の理由がはじめて分った。もちろん、これが表沙汰になれば、部下の不始末は局長の責任になる。だが、問題は単にそれだけでは済まないようである。

いま藤村が言ったように、政党方面からの圧力で合同製糖に原糖割当てが考慮されたとなれば、岡村局長がその便宜を引き受けたことになる。あるいは岡村が、そんな命令を窓口に伝えたかもしれなかった。

山田は藤村と屋上から降りた。何気ない顔で二人ともそれぞれの机に別れて坐った。

定刻を一時間ほどすぎたが、岡村局長はまだこない。よくあることで、だれもそれを怪しまなかった。殊に昨夜おそく北海道出張から帰っているので当然だと思っている。

岡村は普通の日でも午後二時か三時ごろにやってくることがある。ひどいときになると、退庁時刻の三十分くらい前に顔を出して局長室に入る。

こんな傍若無人の出勤がどうして許されるかというと、彼は現大臣のお気に入りで、だれも正面切って文句を言う者がないからだ。次官でも彼には遠慮していた。

迷惑なのは部下で、岡村が夜になっても帰らないから、仕方なしにつき合いで居残っていなければならない。局長は、用事のない人は遠慮なしに帰ってくれと言うが、局長が居るのに帰るわけにはいかず、部長も課長も居残っている。したがって、その部下の課員たちも毎日残業となるのだった。

それに、岡村は局長室でウイスキーをなめながら仕事の上でだれかれとなく呼びつけるので、帰れと言われても帰るわけにはいかぬ。また彼は仕事によく通じ、頭もいい。

現大臣には自分から農業行政を教えたと自負しているだけに、役人として型破りのアイデアも持っていた。

それくらいだから部長連中は岡村にちりちりしていた。何をきかれるか分らないので、いつもその準備をしておかなければならない。帰れと言われても、局長より早く帰れない理由がここにもあった。

それくらいだから敵もあった。いつかは隙ができたら彼を蹴落そうと考えている局長連や、それにつながる部課長クラスも多かった。だが、現在の形勢は彼らにとって非である。現大臣山辺茂介は与党有数の実力者だから、だれに気兼ねすることもなしに気に入らぬ役人の首はスパスパ切ってしまう。

局長連にとっては、これが一番こわい。伴食大臣だったら下から突き上げられるが、山辺のようなアクの強い実力者だと、ぐうの音も出なかった。

それに対し岡村局長は、たとえば、局長会議のあるときなど、その席上で他の局長が、これは大臣が許可しないだろうとか、反対されるだろうとかいう段になると、

「大丈夫。茂介さんはわたしから説き伏せます」

と、胸をぽんと叩いて請け合うのだった。

陰で大臣のことを「茂介さん」と言う者はいる。だが、局長会議の席で公然と茂

介さん呼ばわりするのは岡村ひとりだった。

ほかの連中は、それが岡村のハッタリだとは考えても、彼と大臣とのつながりを思うと、あながち駄ボラとも思えなくなる。だから、いたずらに彼らは岡村の虚勢に屈しなければならなかった。

事実、面倒なことでも、岡村が山辺のところに行き、二人だけでこそこそ話すと、奇妙に大臣が彼の言うことをきくのである。

——ところが、この日、朝の間は何事もなかったが、午後になると、局内に目に見えぬ動揺が起ってきた。

午後になると、倉橋課長補佐と大西係長の欠勤の原因が知れ渡ってきた。むろん、よその課もそれに気づく。わざわざ用ありげにこっちの課にきては主の居ない二つの席を見てゆく者さえあった。やがて、その興味はほかの局にも波及して行った。

局全体が暗い重苦しさと、一種特別な好奇心とに支配された。

岡村局長は、もちろん、まだ姿を見せない。部課長連中は、仕事にろくろく手がつかないようだった。今度の事故で岡村の不機嫌さが予測できるのである。彼らは局長室で癇癪《かんしゃく》を起す岡村を考えて、いまから色を失っていた。

岡村は実務にはそれほどくわしくない。これはキャリアのある官僚の共通した欠陥だった。出世コースの途中でいろいろなポストを見習的に回ってきただけで、やっと実務が分りかけたところでほかへ移された。

その点、長い間勤めて生き字引的な存在の課長補佐や係長にはとうてい知識が追っつかない。

しかし、岡村はカンのいいことは無類で、必ず部下の弱点をついた。それが奇妙に当るのである。彼は若いときから型破りで、ろくろく実務も勉強しなかったが、要点の呑みこみが早く、急所急所はちゃんと会得《えとく》してきた。

(東大出でも、岡村は違う)

と噂された。

他の私学出の役人、つまり出世コースからはずされた連中は、こうした有資格者に反感を持ちながらも、一方ではひそかにコンプレックスを持っている。

だから、いまでも岡村局長は各部課長の欠陥を鋭くつく。ときにはバカ野郎呼ばわりをする。背後には現大臣を背負っているので叱ることも遠慮会釈がない。酒が入っているから言葉が荒い。

岡村はときとして、その部下の過去の失策まで持ち出してくることがある。ねちねちした叱言《こごと》で絡んでくるから陰険でやりきれないときもあった。

今日は荒れるぞと思うと、いまも部課長たちは改めて自分の仕事を点検し直すのだった。すると午後三時ごろ、一人の男がひょっこり局内に入ってきた。五十年輩の、背の低い、横幅の張った、ずんぐりした恰好だ。だれに案内されるでもなく、ひょこひょこと机の間を歩いて局長室をのぞいた。

新聞社の連中もずいぶん無遠慮そうだが、それでもまだどこかに遠慮があって、この男のような尊大な態度はしない。もっとも、昔の新聞記者だったら傍若無人者もなくはなかったが、現代のサラリーマン化した新聞記者は虚勢だけしか残っていない。

さて、その男が入ってきて局長室のドアの中に消えると、机の前に坐っている連中がこそこそと話をはじめた。

「おい、西がきたぜ」

——西秀太郎。

農林省出入りの、一種のボスである。

西秀太郎は五十二、三である。肩書は弁護士とあるが、ほとんど法廷に出たことはない。

彼は、どの農林省の局長と会う時もフリー・パスだった。局長たちは面会人の予定があっても、それをあと回しにして彼と会った。いまの次官とはほとんど親友みたいな口を利く。

西秀太郎は法廷に出ないかわりに雑誌を持っていた。それも農林経済問題の専門誌というふれこみで、二十年の古さを誇っている。その意味で、彼はいわゆる「トリ屋」のひとりだが、雑誌はかなり業者関係では読まれていた。この武器が農林省をわがもの顔に横行させる理由の一つだと言う者が多い。

しかし、西と農林省のつながりは、単に雑誌だけではなく、十数年前の農林大臣に彼が食いこんでからはじまっている。時の次官が、その後農林省関係の審議会のボスとなって、よけいに西の顔が省内に利くようになった。元次官は西の食いこんだ大臣の直系であった。

あらゆる役所の審議会がそうであるように、そのボスのいる農業関係の審議会も、ほとんど彼が各委員を思うようにあやつってゆく。つまり、本省側の希望する通りに審議会が結論を出すのである。世間では、審議会などというのは役人が表向き民主的な公平さを装いながら、裏では責任を回避するための機関だといっている。

そうした審議会のボスとつながり、また業界誌という武器をもつ西秀太郎は、一方では高級役人と業者とのパイプ役もつとめていた。パイプというときこえはいいが、実は利権屋であり、業者の利益のピンハネであった。

折も折、西秀太郎が岡村局長のところにふらりと姿を見せたので、彼を知っている局内の事務官たちがひそかにどよめいたわけである。

「やあ、今日は」

と、西は、いかつい顔を局長室の入口の机にいる若い女秘書に笑わせた。

「いらっしゃいませ」

と、女秘書は椅子から立ち上がってお辞儀した。

「局長さんは？」

「はい、さっきお見えになりました」

「今日はいやに早いんだな」

女秘書は笑っていた。

「じゃ、ちょっとお邪魔をするかな。あとでお茶を持ってきて下さい」

秘書の取次ぎを待つまでもなかった。西は勝手にドアをあけた。

小さな会議室を兼ねている局長室はだだっぴろい。大きな楕円形の机をめぐって、白いカバーをかけた椅子が花弁のようにならべられ、来客用の応接セットは局長の大机にならんでいる。

その机の前で岡村局長は、珍しく書類も見ないでじっと坐っていた。さも沈思黙考にふけっているかたちだったが、ドアの音にひょいと振り向いた。

「やあ」と声をかけたのは局長のほうである。「いらっしゃい」

「北海道に出張だったそうですな？」

と、西は艶のいい顔を蒼白い岡村局長に向けた。

「ええ、三日間ばかり向うを歩いてきました」

と、岡村は自分の机の前を離れて西とテーブル越しに対《むか》い合った。

「どうです、向うは？」

「たまに行くのもいいですな。東京と違って牧歌的な風景を十分に楽しんできましたよ」

「その楽しみも中途はんぱに終ったんじゃないですか」

「え？」

「いや、きいてますよ」と、西は笑いだした。「何でも、札幌の宴会途中を呼び戻されたということですな」

「あなたは耳が早い」

と、岡村局長は苦笑した。

「で、課長補佐の倉橋君が警視庁に呼ばれてから、省内の反応はどうですか？」

「まあ、相当なところですな。いや、これはあなただから正直に言いますがね」

「倉橋君もだいぶ苦境に立っているようですな。何しろ係長の大西君が相当なところまで警視庁にしゃべってるようですから」

「ははあ」

岡村局長は眉を寄せ、額に皺をつくった。いつも楽天的なのに珍しく深刻な表情で西にたずねた。

「そうすると、倉橋君に逮捕状が出るのも時間の問題ですか？」

「現状のままなら、まあ、そう見ていいでしょう」

岡村は沈黙し、首を垂れて考えこんだ。課長補佐逮捕による摘発の発展が彼の脳裏にひろがっているようだった。

「ね、岡村さん、大臣はどう考えているんですか？」

「いや、ぼくも出張から帰ったばかりで、まだ大臣にお会いしてませんがね。……あなたは会ったんですか？」

「いや、ぼくもまだ会ってないんです。さしあたり当面の責任者であるあなたの考えをきいてみたいと思いましてね……」

「困ったことができたという以外に言いようがありません」

と、局長は憂鬱な声で答えた。

「善後策は？」

「まだ何もやってないんです。とにかく、大臣に報告する前に、こちらで対策を考えておかなければならないと思いましてね。ところが、急なことで、まだ明確な案が立たないでいるのです。……ね、西さん、あなたにいい考えはありませんか？」

と、岡村は顔をあげた。

「ぼくは警視庁のほうをそれとなく探ってみましたよ」

と、西は落ちついてポケットから煙草を取りだした。

「すると、係長の大西君はどうにもなりませんが、課長補佐の倉橋君のほうは、どうやらいったん帰宅を許すらしいですね」

「え、帰してくれるんですか？」

「最終的ではありません。帰しても連日呼びだすでしょうな」

西秀太郎はふしぎな人物であった。法廷にはほとんど出ない弁護士が、農林省にも顔だが、警察にも検察庁にも相当友人をもっているという。その西が言うことなので岡村局長も傾聴した。

「それはどういうことでしょう、係長の大西は留置されてるのに課長補佐の倉橋だけが帰宅を許されるとは？」

局長はたずねた。

「それはですな、まだはっきりと証拠固めができていないからじゃないですか。いまのところ、係長の大西君が頑張って課長補佐をかばっていると思うんです」西は説明した。「しかし、それも時間の問題ですね」

「………」

「第一、大西係長が頑張り通すのが不可能なこと、第二には、砂糖会社のほうからすでに逮捕者が出そうなことです」

「………」

「業者側では、部長クラスが相当自供してるようですからね」

「………」

さすがの岡村も苦しげな表情でうつ向いた。西弁護士は、それを興味深く見て、

「ね、岡村さん。この際、倉橋君が警視庁から戻されたら、どこかに飛ばしたらどうですか」

「飛ばすとは？」

「つまりですな、出張にやらせるんですよ。そういう予定はありませんか？」

「作ればできないことはありませんが、しかし、それでは警視庁のほうで承知しないでしょう？」

「まだ正式な逮捕状が出たわけではないし、彼の自由は法的に拘束されてないのです。それに、こちらは公務員ですから、公務のための出張となれば、警視庁の連中も正面切って文句は言えないでしょう。その代り、態度は硬化するでしょうな」

「………」

「ただ、ぼくが心配するのは、倉橋君は気が弱い。その点、まだまだ大西係長のほうがちゃんとしています。ああいうふうに警視庁に呼び出されては、倉橋君もいつ

崩れるか分りません。……ね、局長。これはぼくの邪推かも知れないが、倉橋君は、この件で役所の側と業者の側との関係を一番よく知っているんじゃないですか？」

「そうかも知れません」

と、岡村局長は沈痛な面持ちだった。

「つまり、倉橋君は、今度のことでは扇のカナメみたいな存在だと思うんです。そうじゃありませんか？」

岡村は黙ってうなずいた。

「それなら、まず彼をなるべく警察に渡さないことです」

「そういう方法がありますか？」

「いまはその知恵がないんです。だが、もう少し考えれば、あるいは、その策が出ないとも限らないのです。その時間稼ぎに彼を東京からはずすんですよ」

「そうできればいいけれど」

「今日の夕方でも帰ったら、早速今晩どこかにやらせて下さい。そうだ、あなたは今度のことで北海道から急遽《きゆうきよ》呼びかえされた。出張の予定は残っているはずですな。その後始末を彼にやらせたらいかがです？　名目はちゃんとあるでしょう」

「………」

「ね、局長。倉橋君がゲロを吐いたら、農林省からは、ずいぶんケガ人がでるんじゃないですか？」

岡村局長と西秀太郎とは、それから一時間近くも何事か話し合っていた。話合いといっても主に西がしゃべるだけで、岡村は日ごろの癖にもかかわらず聞き役に回っていた。これは西が主として局長に忠告し、説得しているという印象だった。

岡村は、その間、ひとりも外から人を入らせなかった。どのように緊急な裁決の書類でも、秘書に言わせてあと回しにさせていた。彼は沈痛な面持ちをし、ときどき西に質問した。西が帰ってからも、彼は三十分ばかり腕を組んで考えていた。

岡村は机に戻り、受話器の一つを取上げた。局長の傍にはたくさんのボタンと、五、六台の電話機とがあった。彼が受話器を取上げたのは次官室へかけるためであった。

「次官に大事なお話があるのでこれから伺いたいが、ご都合はどうかときいて下さい」

次官室の秘書に言った。

「ただいますぐにおいでいただくように、とのことでございます」

と、秘書が伝えた。

岡村は、入口にいる女秘書に次官室へ行くと言って出ると、廊下を歩いた。次官室は、その階の突当りの横にある。次官秘書室が二部屋隣り合っていた。

岡村は、ドアの上に「在室」と書いてある記号をちょっと見上げ、ノッブを回した。

事務次官は、局長室の倍ぐらいある部屋の向う隅に坐って、何もしないで自分のうしろ首を揉んでいた。岡村がくるのを待っていたような様子だった。

次官は椅子を立って来客用の長椅子に移ってきた。岡村は、その横にならんで腰をおろした。ぞんざいな態度だった。

「いま、西がきましてね」

岡村が言うと、次官は、ほう、という顔をした。次官のほうが、この局長に遠慮したところがみえる。

「西が言うには倉橋の逮捕は時間の問題だそうです。どうやら大西がぼつぼつ吐き出したようですね。すでに合同製糖にも手入れが行ったそうです」

「そうかね」

と、次官は額に皺を寄せてうなだれた。

次官は、それほど有能な人ではない。二年前に次官になったが、当時局長の中で先任だし、人柄の無難を買われただけだった。ということは、他の局長間の派閥均衡の上に据え置かれているだけだった。この次官も遠からず退官が迫っている。実はもう少し早く退くべきだったが、あとの局長間の勢力の調整上、もう少し残留ということになっていた。

「倉橋は、あと二時間もしたら戻されるということです」

次官は時計を見た。四時半だった。

「西が言うには、倉橋が警視庁でどのようなことを調べられたかをたずねた上、それで向うの今後の出方の予想が大体つくから、そのあと、倉橋を北海道に出張ということにしてはどうかと言うんです」

「北海道に出張だって？　そりゃ君……」

「体《てい》よく逃がすわけですが、警視庁ではそれを阻止する理由はいまのところないというのです」

「それはそうかも知れないが……だが、そうなると、警視庁や検察庁をかえって刺激しないかね？」

「刺激するでしょう。しかし、それには対策があるというんです。西はこう言っています」

と、彼は次官に耳打ちした。次官の顔色が変った。

倉橋課長補佐は、その夕方、羽田に直行した。警視庁から戻されて役所にも家にも帰らず、そのまま羽田に向かったのだった。彼のそばにはだれかが付き添っていた。帽子を目深にかぶりコートの襟を立てているので、それが西秀太郎だと知るものはなかった。車の中で蒼い顔をしている倉橋に、西は小さな声で何かと言っていた。タクシーの運転手にきこえぬように、ほとんど耳もとのささやきである。課長補佐は不安な面持ちでしきりとうなずいていた。

羽田に着いて倉橋のゲート・パスを窓口から取ったのも西だった。航空券は彼が買っていたのだ。正確には、西が局長と話し合った直後にそれを求めていたのである。

飛行機が出発する前、西は倉橋と待合室の片隅に坐った。そしてうつ向きかげんに話していた。それは倉橋に対して西が説得しているようにも見え、命令しているようにも見えた。

もちろん、その態度は絶えず不安がっている倉橋をなだめ、安心感を与えるようにつとめていた。また、この話の間にも、西はときどきあたりの乗客に眼を向けて警戒を怠らなかった。警察の人間らしい姿はなかった。

飛行機の出発時刻が知らされると、課長補佐は顔を伏せて乗客の列の中に紛れこんだ。彼はゲートを通って通路を曲るとき一度だけ西に顔を向けた。西は、それに手をあげた。よそ目には別れの挨拶に見えるが、実は、しっかりしろ、万事はこのおれが引き受けている、安心するがいい、という最後の念押しであった。

西は、待合室のガラス窓から暗くなったフィールドを見つめていた。札幌行の飛行機は両翼に赤い信号灯をつけ、夕闇の中に滑走した。西がその場所から初めて動いたのは、そのジェット機が滑走路から激しい勢いで飛び立ったのを見届けてからだった。

西は、ロビーの喫茶店の中に入り、コーヒーを注文した。

注文したものがくる間、彼は狭いテーブルの上に小さな手帳を出して、一行、ペンを走らせた。

「倉橋課長補佐、午後七時羽田発にて札幌に向かう」

その手帳には、どの頁にも字がぎっしりと書きこまれてあった。なかには、彼でなければ解読できないような暗号めいたものもあった。手帳は汚なく、綴じこみの糸がほぐれそうなくらいぼろぼろになっている。

コーヒーを飲み終ると、彼はゆっくり席を立った。フィールドにむかったガラス窓をのぞいたが、そこには国際線の大型旅客機がゆるゆると助走路を動いているだけだった。彼は腕時計を見た。時刻からして課長補佐を乗せた飛行機は霞ヶ浦《かすみがうら》の上空をすぎたものと思えた。

西は、ロビーの中の赤電話に歩いた。十円銅貨を出し、受話器を耳にあてて、ダイヤルを回す。相手が出ると、西は送話器を手で囲み、小さな声で言った。

「局長ですか。倉橋君は無事に発ちました」

札幌のホテルに倉橋課長補佐は入った。十時前だった。

四階の部屋にボーイが案内した。スーツケースも持ってなく、手さげ鞄一つだった。

倉橋は部屋に落ちつくと、ボーイにウイスキーを部屋に運ばせた。

それから、交換台に東京への電話を頼んだ。番号は自宅のものだった。

ベルが鳴って、とびつくように受話器を取りあげた。

「節子か。おれだ」

と、彼は妻に言った。

「いま、北海道にきている。札幌からだ。……うむ、急にこっちへの出張が決まってな、家に帰る時間もなかった。……あっちのほうか。あっちは大丈夫だ」

と、これは警視庁の取調べのことだった。

「なに、大したことはない。心配しなくてもいい。こうして役所から命じられて出張しているくらいだ。うむ、大丈夫だ。……で、札幌での予定は四日間だからな、四日後の夕方には帰れるだろう。うむ、十四日だ」

今日が十一月十日だった。

「帰りにはみやげを買ってゆく。何がいいか？　ありふれているが、やはりバター、チーズ、それに鮭の粕漬ぐらいだな。……そうか。心配かけてすまなかった。いずれ帰ってから詳しく話す。じゃ、おやすみ」

電話を切った倉橋は煙草を吸い、椅子にかけた。電話の言葉と違い、表情は暗く、落ちつきがなかった。

彼はできるだけ自分の不安を取除こうとしている。それで椅子にじっと坐って居ることができず、床の上を歩いた。

窓からは札幌の灯が下にひろがっていた。ネオンの輝く美しい夜景だった。

彼は、その景色をじっと見ていた。そして思い出したようにまた東京へ電話を申し込んでいた。自宅でなく、違った番号だった。

相手が出ると、

「西さんのお宅ですか？」

と、彼はきいた。

「倉橋というものです。先生はいらっしゃいますか？」

居ないという返事だったので、

「何時ごろお帰りになりましょうか？」

遅くなるという答えをきいて、

「それでは、倉橋がいまホテルに着いたと申しあげて下さい。そして、もう一度こちらからお電話を差上げますとお伝え願います」

この電話を切ったあとも、彼は煙草ばかり吹かしていた。

容易に昂奮《こうふん》が静まらない。昂奮は不安からきている。

彼は鞄の中から小さな瓶を取出した。睡眠薬だった。また電話でサービス係を呼び出し、

「ウイスキーの水割りを運んで下さい」

と命じた。

それがくると、彼は睡眠薬をまず飲み、そのあと水割りウイスキーをのどに流した。窓のカーテンを閉め、ベッドに入った。

翌朝、倉橋課長補佐は八時に眼を醒ました。

八時半、部屋で朝食。九時には洋服を着た。

部屋で丹念に新聞を読んだ。べつに変ったことはない。

十時、道庁さし回しの車がきたと、フロントから報らせがきた。

エレベーターで下に行った。ロビーを通って玄関に出るまで、どういうわけか顔を伏せて歩いた。

道庁に行くと、農林省関係の連中と会った。

「せっかく岡村局長が見えたのに、急用のため途中でお帰りになり、残念でしたな」

と、道庁の役人は言った。課長補佐は言葉少なく、

「局長も残念がっていました。今度はわたしが局長に命ぜられて残りの事務を代行しに参りました」

と、丁寧に言った。局長と課長補佐とでは貫禄が格段の相違である。そういうひけ目が課長補佐の言葉に出ている——これは道庁側の役人の受取った印象であった。

「早速ですが、今度は当地の酪農工場を視察してこいという命令でしたから、ひとつご案内をお願いします」

「はあ。そのことは今朝本省から連絡をうけておりますので、早速プランを作っておきました。予定は、こうなっています」

と、係の役人はリストを見せた。

第一日の今日は、札幌、小樽を中心に四つの工場を視察することになっている。夜は懇談会。

第二日目は、旭川周辺。

第三日目と第四日目は、引き返して倶知安《くっちゃん》から函館地区となっている。

「相当な強行軍ですが、まあ、よろしくお願いします」

と、道庁の役人は言った。

午前中は、業務の現状に関する大体の報告があって、現時点における欠陥と、将来の発展のための対策を説明された。いずれにしても、全部が本省からの補助金要請にかかっている。

午後、倉橋課長補佐は、役人の案内で札幌郊外の或る酪農工場に着いた。玄関には工場長以下が出迎えた。型のごとく工場長から生産に関する報告があり、現場を見てまわる。

課長補佐は説明にいちいちうなずいていたが、はたから見ても、その顔色はあまり冴えなかった。どこか身体の具合が悪いのではないかと思われるくらいである。質問もあまりしないし、説明も十分にきいているのかどうか、要領の得ない返事をしている。

普通、本省から視察にくる役人には二つのタイプがあって、一つは意地悪いくらいにいろいろと穿鑿《せんさく》するのと、一つはほとんど無関心なくらい義務的に工場内を歩くのとがある。

倉橋課長補佐の場合は、そのどちらでもなかった。ときには熱心のようでもあるが、また、無関心のようでもある。あるいは、身体の調子が悪くて、それが気になって思うように見てまわれないようにもみえる。事実、課長補佐の顔色はよくなかった。

倉橋課長補佐は、その工場の事務室で会社側の幹部と懇談した。しかし、課長補佐はあまり活発な話はしなかった。業者は局長代理というので、この前札幌に岡村局長がきたときの話などするのだが、倉橋はきいているのかきいていないのか、ぼんやりとした顔をしている。それで、ときどき夢からさめたように、取ってつけたような相槌《あいづち》を打つこともあった。

倉橋は、次の工場に向かった。札幌から北に向かって石狩河畔に近いところである。

「北海道ははじめてでございますか？」

車の中で案内役の業者が月なみなことをきいた。

「いや、二、三度はきています」

「いかがでございますか、この季節の北海道は？」

「結構ですね」

何をきいても課長補佐は言葉少なである。札幌を離れると広々とした広野になり、ところどころにサイロの立つ牧場が見える。亭々として伸びたポプラもすでに葉を落していた。

倉橋局長代理の顔色は依然として悪い。車の中で眠っているのかと思うと、実は眼を塞《ふさ》いで物思いにふけっているのだった。新しい工場でも彼はそれほど熱心な視察者とは思えなかった。普通にさっと工場を一巡しただけで、その後のいわゆる懇談会にも義務的な出席であった。

「倉橋さんは、どこかおかげんでもお悪いんじゃないですか？」

と、工場長がたまりかねたようにきいた。

「いや、そうでもありませんが」

倉橋は、ふいとわれに返ったように、

「そう見えますか？」

と、おどおどしたように反問した。

「お顔色がどうも」

「あ、それは、昨夜おそく札幌のホテルに着いたので、少し疲れているんです」

「どうぞお大事に。ご苦労さまです」

と、業者側は丁寧にねぎらった。

ここを出ると、今度は小樽側の工場視察だった。相当な強行軍であるが、いったん札幌に戻って、そこから車は坦々《たんたん》とした札樽《さっそん》国道を走る。

小樽に近いところに小さな酪農工場があった。いままで見てきた大きな工場は某企業の系列下にあるが、ここはいわゆる地方の小企業だった。

倉橋課長補佐は、ここでもざっと視察を済ませ、疲れた顔で札幌のホテルに戻ったのが午後六時だった。宴会の話はあったが、疲れているという理由で彼は全部断わっている。

ホテルでは、やはり部屋に夕食を運ばせてひとりでとったが、昼間の活動にもかかわらず料理の半分くらいは残した。

食事をさげさせたあと、彼は東京に電話を申し込んだ。西弁護士の家だった。家人の返事は弁護士がまだ帰宅していないというので、倉橋は、お帰りになったらホテルのほうに電話をしてほしいと頼んだ。

彼は窓辺に寄った。昨夜と同じように、札幌がまたもや美しい夜景の中に入りかけている。

電話が鳴ったのは三時間後だった。倉橋は腕時計を見た。午後十一時五分前である。

「東京の西さんという方からお電話です」

交換台の声につづいて西の声が出た。

「倉橋君か」

「どうも夜分に恐縮です」

倉橋は、見えない相手に思わず頭を下げるような恰好をした。

「何だね?」

「先生、あのほうはどうなったんでしょうか? 警視庁のほうで感情を悪くしているのではないかと心配しているのですが……」

「それはぼくが岡村局長にすすめたことでね。一応、君を東京からはずしたほうがいいと思ったんだが……」

「はあ」

「君の考えてる通り、警視庁ではだいぶん感情を害している」

「………」

倉橋はごくりと生唾《なまつば》をのんだ。

「今日、実は捜査二課の人間に会って、それとなく様子を聞いたのだが、どうやら最後の決断をつけるようなふうも見える」

「最後の決断ですって？」

倉橋の声がふるえた。

「君を逃がしたこともだが、大西係長が何でもべらべらと吐いたんでね。業者も続々呼ばれている。今晩のうちにも逮捕者が出るかもしれない」

「………」

受話器を耳に当てている倉橋の顔が見る間に蒼くなって行った。

「新聞社は嗅《か》ぎつけたでしょうか？」

「むろん、これほどの騒動だ。明日にでも記事に出るかもしれない。……新聞社のほうは、ぼくの知った人にだいぶん頼んではおいたがね。この情勢ではぼくの手に負えなくなった」

「先生、わたしはどうしたらいいでしょうか？」

「そちらの予定はどうなっている？」

「はあ、明日は旭川地区の酪農関係を視察することになっています」

「旭川か」

しばらく西の声が途切れたのは何かを考えているからだった。

「よろしい」

と、決断をつけたように弁護士の声がよみがえった。

「では、明日、その視察はやめにしたまえ。そして飛行機に乗るんだ」

「東京に帰るんですか？」

「東京ではない。千歳から全日空便で仙台までくる」

「仙台？」

「仙台で降りて、車で西のほうに行くと作並温泉というのがある。分ってるかね？サクナミだよ」

「はあ」

「そこに梅屋という旅館がある。その宿に入ってくれたまえ。ぼくも間に合うように行くからね。そして、ゆっくりと情勢の分析をやろう」

次の日、倉橋課長補佐は、本省に急用が出来たので予定を変更して視察を中止すると、道庁の関係者にホテルの電話で伝えた。

「それは残念でございます。で、何時の飛行機でお帰りですか？」

道庁の係員はきいた。

「多分、午後の日航機の便となるでしょう」

「それでは、空港でお見送りさしていただきます」

「いや、もう、お忙しいときですから、どうぞお構いなく」

電話を切った倉橋は、すぐにホテルを引き揚げるからと、フロントに電話で知らした。仙台までの全日空便の予約は、昨夜、西の電話が済んでからすでに取ってあった。

ホテルを出た彼は、オーバーの襟を立ててタクシーに乗った。

千歳の空港に着いたが、待合室には知った顔は居ない。彼は仙台行の案内があるまで、待合室の片隅でうつむいて雑誌を読んでいた。

仙台行は途中函館に降りた。ここも本当なら彼の視察する酪農施設のある地域だ。四十分後には、いったん入った待合室からまた機に戻った。

津軽海峡は雲に蔽《おお》われていた。まるで、これからの彼自身の運命のようであった。

機は松島の上から低く着陸の姿勢に入った。海岸が急速に眼の前に迫り、機はやがて田圃《たんぼ》に囲まれた空港に脚をつけた。

倉橋はタクシーに乗った。

「作並温泉に行ってくれ」

「分りました」

「君、どれくらい時間がかかる?」

「そうですね、やはり一時間半くらいかかるでしょう。近ごろ仙台市内は車が多いですから、もしかすると、二時間くらいかかるかも分りません」

腕時計を見ると、二時をすぎていた。

タクシーは国道に入り、仙台市内に向かった。市内を抜けると、道を北にとる。平野の向うに見えていた山が次第に近づいてきた。と同時にあたりも夕方の陽射しとなった。

「作並温泉は、どちらに着けましょう？」

「梅屋だ」

路は山あいの上りにかかった。

「君、この路を真直ぐ行くと、どこへ出るの？」

「山形です。山形の天童《てんどう》という温泉場です」

「天童？ ああ、将棋の駒を作るので有名なところだね」

倉橋は将棋が好きだった。

寂しい山陰から旅館らしい建物が現れた。山の中だけに日暮れも早く、窓には灯が入っている。傍らには渓流があった。

国道を挟んで旅館街となった。タクシーは国道から離れて、少し狭い路を山の手に上った。最近建てたらしい、かなり大きな旅館が正面に見え、梅屋というネオンの看板が屋根にあがっていた。

「いらっしゃいませ」

と、女中がタクシーから出た倉橋を迎えた。

倉橋は鞄を旅館の女中に渡しながら、「西さんという人がくるはずだが、もう見えているかね？」

と、小さな声できいた。

「予約は東京からの電話で承っていますが、まだお着きになっていません」

西は、この梅屋旅館を指定したので、東京からの予約の電話で倉橋の部屋までとっておいてくれたらしい。女中の案内で二階の裏側の部屋に通された。近ごろ建てられる地方の旅館は東京風の設計だから、部屋もモダンになっている。

障子をあけると狭い廊下になり、その向うがカーテンのかかったガラス戸で、それをあけると、裏山が眼の前にかなりの傾斜で迫っていた。

ほとんどが杉林で、その間にこみちがついている。こみちの傍には、山林の下枝を伐った薪が束ねて置かれていた。そういう景色が暗くなった中にぼんやりと見え、何となく枯葉の匂いが漂っていた。

女中が茶を運んできたので倉橋は座敷に戻った。

「西さんは何時にここに入る予定だと言ってましたか？」

「急行でお着きになると言ってらっしゃいましたから、もう間もなくでしょう」

「急行は何時ですか？」

「仙台着が五時十分ですから」

と、女中は腕時計を見て、

「もう、そろそろですわ」

見えたら知らせてくれと頼んで、倉橋は茶をすすった。

「あの、お夕食は、それではごいっしょになさいますか？」

「そうしましょう」

それまでひと風呂浴びるようにすすめられて、倉橋は着替えをした。

湯につかっていると、いろいろなことが頭の中に湧いてくる。いいことは少しもなかった。この先自分はどうなるのか。そんな不安しか浮んでこない。ただ、希望は西の言葉だけだった。西のほうからわざわざここまでくるというのだから、もちろん、人目を避けた話になろう。東京で会えば、当局に目をつけられている倉橋のことだから話合いが気づかれるという懸念《けねん》に違いない。

西の話は吉か凶か。——はじめての山の湯につかっていると、今度は東京にいる女房や子供のことに思いを馳《は》せた。妻は彼がここにきていることも知っていない。北海道に出張中とばかり思っているのだ。

風呂から上がると、女中が襖をあけて入ってきた。

「あの、西さまがただいまお着きになりました」

「それじゃ早速部屋に伺うことにしましょう」

「あの」

と、女中はちょっと言いよどんでから、

「いま、お二人でお風呂を召していらっしゃいますけれど」

「二人？」

「はい。ご夫婦でいらっしゃいます」

倉橋課長補佐は西の家に二、三度行ったことがあって、その妻を知っていた。彼は西が夫婦で来ているなら丁度いいと思って、二人が風呂から上がればいっしょに食事を楽しもうと考えた。夫婦でくる以上、西の話は悪い内容ではあるまい。つまり、東京方面の情勢が好転しているのだろう。

が、ふと思いついて、

「奥さんというのはいくつぐらいの人なの？」

と、女中にきいた。

「はい……あれで三十くらいの方でしょうか」

と言ったので、倉橋はびっくりすると同時に予感が当ったと思った。西の妻は五十近い女である。

「とてもきれいな、粋な方ですわ」

と、女中は言い添えた。これで西がだれをつれてきたか決定的になった。

倉橋は西がどんな遊びかたをしているか詳しくは知らない。しかし、相当女関係があるらしいということはかねがね話にはきいていた。

西は多分倉橋との話にひっかけて、この作並温泉に彼女をつれてきたのだろう。いずれにしても倉橋にとっては悪い予感ではなかった。深刻な話だと、いくら西でもそんな気が起らないに違いない。

二十分ほどテレビを見ていると、女中が呼びにきた。

「萩《はぎ》の間のお客さまが、ごいっしょにお食事をとお誘いになっていらっしゃいますが」

倉橋はテレビを消し、

「もう向うで支度ができてるのかね？」

「はい、旦那さまのぶんもご用意してあります」

「そうか」

倉橋は宿の着物の衿を掻き合せ、女中のあとについて廊下を歩いた。それはすぐ近くの部屋だったが、女中が廊下の障子をあけ、控えの間の襖を開くと、正面の西が卓について女と笑いながら話をしている姿が眼についた。

「失礼します」

倉橋がちょっと下を向いてそこに膝をつくと、

「やあ、いらっしゃい」

と、西の快活な声がした。

「さあ、どうぞこちらへ。どうぞ」

西はすでに床の間を背にして上座に坐っている。その脇には、髪を短く切った細面の女が、すらりとした肩をみせて坐っていた。女は倉橋に頭を下げたが、倉橋はまだぼんやりした印象だけ眼に残して、視線をすぐに西へ向けた。

「今日はどうもわざわざ」

礼を言うと、西は微笑して、

「いやいや……失礼だが、お先に高い席を占領していますよ」

「どうぞ、どうぞ」

「年の順だと思って勘弁して下さい」

倉橋は西の右横に坐った。丁度、その女性の真向いになる。

「ご紹介しましょう」

と、西は脇息に片肘《かたひじ》をもたせて、まず、つれの女に言った。

「ある役所の方で、倉橋さんとおっしゃるんだ。……倉橋さん、こちらの女性は、あるバアの経営者です。今度、あんたに会う話を飲みながらしたところ、まだこの土地を知らないから、ぜひつれて行けと言われましてな」

西秀太郎がつれてきたバアのマダムというのは、もちろん、彼の愛人であろう。西がどういうつもりで彼女をここにつれてきたか、倉橋は善意にとった。むろん、二人で旅を楽しむつもりには違いないが、一つは、女づれということによってこの会見をカモフラージュしたかったのだろう。何といっても、倉橋はいま警視庁に追われている。同時に、農林省に密着している西の行動も目に立たないように慎重にしなければならない。女づれで温泉旅行というと、そのへんがぼかされる。

「ま、一杯やろう」

と、西は倉橋に盃を取らせた。西の彼女が横からそれに酌をした。整った顔だが、無口な女で、少々気取っているように見えた。微かに香水の匂いが鼻にきた。

「どうもありがとう」

倉橋は、何となく顔を赧《あか》らめて頭を下げた。

それからしばらく西との間に雑談が交わされたが、西はこの女をよし子と呼んでいた。倉橋は彼女をどう呼んでいいか分らない。奥さんでもおかしいし、よし子さんとも言えない。戸惑ったが、結局、これは、女があまりものを言わないので最後まで呼びかける機会はなかった。

西は彼女の前なので容易に肝心なところにふれてこない。倉橋は何とか早く要点をききたいのだが、西が極めて軽妙な雑談をつづけるので、こちらから催促するわけにはゆかなかった。だが、西の話しぶりだと、まず事態はそれほど心配しなくてもいいのだろうと安心した。

酒が済み、飯が終ると、

「よし子、倉橋さんと少し話があるから、おまえさんはもう一度風呂にでも入っておいで」

と言いつけた。

女は黙って立ち上がる。

次の間でさらさらと帯が畳に落ちる音がし、やがて、少し離れたところで戸をあける音がきこえた。つづいて、微かだが湯を使う音がした。

倉橋が何となくその音に耳を傾けていると、

「さて、倉橋君」

と、西がいままでの話しぶりとまるで違った口調になった。

「例の問題だがね」

「はあ」

倉橋は緊張した。

「君もずいぶん心配してることだろう。北海道からかかってきた電話でも、その様子が分る。で、あの電話のときは、君にあんまり心配させては悪いと思ってああいうふうに言ったが、事実はかなりきびしいのだ」

「はい」

倉橋は、自分で顔色が蒼ざめてゆくのが分った。

「さぐってみると、警視庁は相当強硬だ。それに、係長の大西君が何もかもべらべらとしゃべってしまった。業者側から逮捕者がつづいて出たよ」

「………」

「このぶんでは君の線だけじゃ収まりそうにない。上に行くのは必至のようだな」

倉橋課長補佐は色を失った。倉橋は西に会うまでもっと楽観していたのだ。希望的な観測と悲観的な予想と両方考えてはいたのだが、それでも、そこまで事態がきびしくなっていようとは思っていなかった。

「西先生、それは本当ですか？」

と倉橋がきき返した声は悲痛だった。

「残念ながら事実だ。ありのままをその通り君に伝えてるんだがね」

と、西も途方にくれた顔をしていた。

「先生、上部に及ぶというと、どこまで波及するのですか？」

「そこは君次第だ」

「え、わたし？」

「捜査当局は君をこの事件の重要な鍵にしている。君は業者と役所の双方の中心に坐っていた……」

「しかし、そりゃ、先生……」

倉橋が何か言おうとすると、

「それは分っている」

と、西はその発言を制し、

「君自身は大したことはやっていない。業者からもらったのもほんの謝礼程度だ。その謝礼も君の努力に対しての礼だから当然ともいえる。しかし、捜査当局はそうは見ていない」

と、西はつづけた。

「君は上司から業者の便宜を図るような特殊な指示を受けた。君としてはその極秘の命令に忠実だったわけだ。すべてのお膳立ては上のほうでできている。ただ技術的な操作を君に命令しただけだ。いうなれば、君は上のほうの指示に従って書類など事務的な処理をしたわけだった」

その通りです、というように倉橋はうなずいた。

「だから、それだけに君は業者と上司との中間に立っていたのだ。上司からのすべての指示は、君という事務屋を通して業者に具体的な措置として流れた。してみると、君は、たとえば扇のカナメみたいなものだ。扇の骨が何十本あろうと、それはみんな君のところに集中している」

「……」

「君の下にいた大西係長は、それを見ている。大西の役目は君のアシスタントだったからね。その大西がべらべらとしゃべったいまは、当然、捜査当局は扇のカナメである君を狙うわけだ。君さえ手中に握れば一瞬のうちに事件の真相は俯瞰《ふかん》できる。だから今までも躍起となって君を落そうとかかったんだ」

課長補佐は何か反論したそうだったが、西に手で押えられていた。

「ま、君の言いぶんはあとできくよ。とにかく、ぼくは現状をそのまま話しているんだからね……そういうわけで、警視庁では君をずいぶん責めた。だが君はそれをよく守った。農林省という権威ある役所の名誉と、上司の恩顧に対してね。そこでぼくは、この際、警視庁の追及を一時ストップさせ、その間に工作しようと思って、君を北海道に出張させることで水を入れたんだ。水をね。……」

西は倉橋課長補佐に話をつづけた。

「君を北海道に行かせて、その間に警視庁のほうを工作しようと思ったのが、ぼくの着眼だったのだ。これでうまくゆくと思ったのだが、捜査当局は案外に強硬なんだよ」

倉橋は黙々ときいている。

「ぼくは警視総監にも話したし、刑事部長もよく知っているので頼んでみた。だが、総監も刑事部長も、ここまでくると、もう現場の者を抑えられないというんだよ。……どうやら、この裏では川名派がついついているらしいな」

前農相の川名二郎は保守党の実力者の一人だが、いまは反主流に回っていた。

「川名は警視庁に相当自分の勢力を植えつけているんでね。畠山警備部長がそうだ。これは川名の選挙区だったB県の県警本部長を勤めたことがあって、それから関係ができたらしい。いまや畠山は川名をバックに総監の椅子を狙っている。この畠山の子分が捜査二課長だ。こういう系図を考えると、川名がどのような目的で警視庁をつついているか分るだろう。現農相は主流派だ。そして農林省における川名体制を崩すために大臣に任命された男だ。だから、川名の反撃は分るだろう?」

倉橋課長補佐の顔にうすい汗が滲《にじ》み出てきた。

「党内第一の横紙破りの川名が控えているとなると、総監もうっかりこの捜査をストップさせることができなくなったんだ。それに、川名派では、今度の捜査の進展を示唆するように、しきりとマスコミに情報を流そうとしている。……ここまで事態がくるとはぼくも思っていなかった。判断が甘かったんだな」

隔てた浴室では西の女が使う水音が微かにきこえていた。倉橋はぼんやりとその音を耳に入れていた。

「それから、今度君を北海道に出張させたことが捜査当局の態度を硬化させた。これは明らかにぼくのミスだ。判断の誤りだったよ」

課長補佐は微かに顔の筋肉をふるわせた。

「つまり、君が逃げたと警視庁では取ったんだな。カンカンになっている。拘束こそしなかったが、重要な参考人として呼び出している当人が無届けで出張したというのだから、えらく心証を害したわけだ。もっとも、こちらの言いぶんとしては、逮捕状が出ているわけではなし、それに、公務出張だから行先もはっきりしている。べつに逃げ隠れしているわけではない、また遊びに行ってるわけではない、と説明したのだが、表向きはそうでも、この際、その行動が不謹慎だというんだよ……」

浴室ではザーッと湯がこぼれる音がして、女が上がってきたようだった。

「西さん」

課長補佐ははじめて言った。

「では、あなたはぼくにどうしろとおっしゃるんですか?」

彼の顔にはいくらか反抗的なものが出ていた。

西は、それを素早く読み取ったように、

「倉橋君」

と、いままでの淡々とした口ぶりが急にやさしいものに変った。

「ぼくは君に、べつにこうしなさいとは言わない。ただ、君と役所のために一番いい方法を助言してきたつもりだし、また、そう取計らって運動してきた。それは君も分ってくれるね?」

「はあ」

課長補佐はわずかにうなずいた。

「そりゃぼくも農林省にはいろいろと前からの関係があるから、今度のことはいちばん胸を痛めている。君が自分の私利私欲のために業者に便宜をはかったとは思わない。君は上のほうからの指示を忠実に守った人だ。君は役所では有能な事務官だ。君の実力には、キャリア組もとうていかなわない。あの連中はただ出世だけを目指している。そのコースに当るポストにぼんやりと坐っているだけだからね。役所の機構自体が不合理なんだ。ぼくはいつもそう思うよ」

「………」

「しかし、まあ、ここでそんなことを言ってもはじまらない。不合理だが、そういう機構になっていることを現実として認めなければならないからね。それで、君が誠意をもって上司の指示に従っていたことは上のほうでもみんな認めている。早く言えば、君には罪はない」

湯殿ではまたひとしきり水音がした。それがやむと、ひどく静かになったが、多分、西の女が着物を着ているのであろう。

「警視庁でも君たちを狙っているわけではない。最終の目的は、役所の上部と、それにつながる保守党の連中だ。だが、警視庁としては相手が大物だけにのっぴきならない証拠を欲しがっている。これを握らんことには彼らは動きがとれないからね。早まっては、相手がすでにその用意をしていることだし、公判の維持もできなくなってくる。そこで、証拠を君から取ろうと必死なのだ。その意図は、君が警視庁に出頭して事情をきかれた段階でもよく分るだろう」

分ります、というように課長補佐はうなずいた。

「役所の上部関係の線も、業者の線も、みんな君のところに集まっている恰好だ。君さえ落せば両方の線が一どきに明るみに出ると、警視庁では勢いこんでいる。逆に言えば、上司としては君の逮捕がいちばん気にかかるわけだ。殊に岡村局長だがね。あの放胆な男が、今度ばかりはノイローゼになっているよ」

「……」

「それは岡村君だけではない。もっと上のほうも多い。さらに言えば、それにつながる政治家連中も途方に暮れているというのが現状だ。倉橋君、君が逮捕されると、何もかも、もう終りだ。それと、君がいくら頑張っても、もう頑張りはきかなくなるだろう。なにしろ、警視庁捜査二課といえば、こうした取調べにはベテラン揃いだからね」

長い沈黙が二人の間につづいた。

西は倉橋の様子をじっと見ている。倉橋は腕組みして考えこんでいる。そして両者とも相手の肚《はら》をさぐり合うように言葉を出さなかった。

ガタンと音がして、風呂場から女が上がってきたようだった。襖があいて、

「お先に」

と、顔を出した。湯上がりの化粧は電灯の下で生き生きとしている。

だが、彼女もこの場の異様な雰囲気に気がついたか、もじもじして、

「お話でしたら、わたし、あちらに行っていましょうか？」

と、遠慮した。

「ああ、ちょっと倉橋さんと用事があるのでね。みやげものでも見ておいで」

と、西は女をふり返った。

「じゃ、そうしますわ」

襖が閉まって、忍ぶような足音が次の間から出て行った。

「なあ、倉橋君」

と、西はそれをしおに、

「情勢は切迫している。上司も非常に心配しているんだよ」

と、彼の返事を促すように言った。

「上司がぼくを心配して下さるのは、ぼくのことですか、それとも事件の成行きですか？」

この言葉が西には意外にきこえたとみえ、その表情がちょっと険しくなった。

「もちろん、君のことだ。次には事件が役所に波及してくることだな。上司のほうとしては、最小限度のところで止めたいと言っている」

「最小限度というと、ぼくと係長の線までですか？」

「できれば、そういうところだ」

「しかし、それはむずかしいでしょうな」

と、倉橋は片頰に冷たい笑いを浮べた。

「外部的な証拠も相当あがっているというなら、このままの線では収まりますまい」

「………」

「上部に怪我人を出しても仕方がないという考えだね？」

「ぼくが北海道から帰ってすぐ警視庁に逮捕されたとなれば、いま先生のおっしゃったような事態になると思います。先生の力で収まらなかったとすれば、ぼくなんかにはもうどうしようもないと思います」

「いや、それがあるんだ」

西弁護士は微笑して言った。

「いい方法があるのですか？」

「ある。つまり、君の線で収まる方法はあるんだよ」

「………」

「なあ、倉橋君。こういうことはぼくとしても言いにくいが、これは役所全体の希望だと思ってきいてくれたまえ」

「はあ」

「倉橋君、ぼくは君に善処してもらいたいのだ」

こう言ったとき、倉橋の顔が屹《きつ》となって上がった。

倉橋課長補佐は、それまで持っていた弱々しげな顔をいちどきに思い詰めたような強い表情に変えた。

「先生、善処というのは、わたしが役所を辞めることだけではないようですね？」

西は倉橋をじっと見ていたが、

「この段階にきては、君の辞職だけではおっつかない。もちろん、役所では、君が自発的に辞めなくとも、君に辞めてもらうことにするだろう」

と、煙草の灰を落した。

課長補佐はちょっと眼を伏せたが、すぐに西の顔にむかって凝視を戻した。

「とおっしゃいますと？」

「倉橋君、よく考えてくれ。君の依願退職はもう決まっていることだ。いや、休職かもしれないが、いずれにしても、そういう行政処分だけではことがおさまらないくらいは分っているだろう。君は警視庁で調べられ、さらに検察庁でも追及される。そうなると、業者のほうが根こそぎ挙げられることはもとよりだが、農林省の上司もイモづる式に引っぱられる。これは由々しいことだ。ぼくが思うに、今度の事件で岡村局長は絶対に無事では済まない。局長ばかりではない。ほかにも怪我人が続出する。もしかすると、官房長までゆくかもしれん。農林省は土台から揺れる。もとより農林大臣は辞めなければなるまい」

「……………」

「これは役所のほうだ。次には政界に飛び火する。これがどういう人だか、君にも想像できよう。だが、ぼくは少しばかり事情を知ってるだけに、はっきりそういう連中の顔が分っているんだよ。大疑獄に発展するかも分らない」

「……………」

「もちろん、今度の砂糖事件そのものは小規模だ。しかし、そこを拠点として、検察庁ではかねて内偵していた別の大きな汚職摘発に乗り出すかも分らないからな。いまの警視庁は党内反主流派の息がかかっている。だから、きっかけさえつければ、そういう連中が検察庁のあと押しをして大いに煽《あお》るだろう」

「……………」

「ま、政治家のことはどうでもいい。とにかく、そういう含みがあるから、今度の砂糖は大変なことになりそうだ。しかも、最初の段階の中心が、倉橋君、君だ。警視庁が躍起になって君を狙っているのも、それで分るだろう」

西は、蒼い顔で押し黙っている倉橋にむかい、何と思ったか、急にやさしい笑顔を浮べた。

「なあ、倉橋君。君も長い間農林省に勤めてきた。ずいぶん世話になってる上司もあることだろう。また、ほとんど半生をささげた農林省という役所には大きな愛着があるわけだ。君の上司、そして君の愛着をもつ農林省が君のために大きな迷惑をうけるということになれば、君だって本意ではなかろう……倉橋君、ぼくが善処してくれという意味はそれだよ」

「役人は、こういう際辞職することが善処だと思いますが」

倉橋は最後の抵抗を試みるように言った。

二人の間にはしばらく緊張した沈黙が流れた。

西の女はなかなか帰ってこない。あたりはしんとしている。

西はしんみりとした調子で言った。

「なあ、倉橋君。君の子供さんはいまいくつだね？」

倉橋は、にわかに西が思いがけないことをきいたので、気勢をそがれたような顔をした。

「はあ、上のほうが高校三年生、下が中学二年生です」

「そりゃ坊ちゃんですか？」

「上が男で、下が女です」

「じゃ、来年は大学だな……」

「はあ」

「倉橋君、君が善処してくれたら、みんなはどれだけ君に感謝するか分らない。恩に着ると思う。またそうしなければならないのだ。その連中が君の心配のないように、子供さんの教育費くらいはカンパするよ」

「………」

倉橋は解《げ》せないというように、じっと西弁護士の顔を見つめていた。

「君に恩になった連中が子供さんを必ず立派に大学を卒業させる。就職の心配もする。みんなはそれだけの実力をもっているものばかりだからな。のみならず、奥さんの生活費もちゃんとするよ。それはわたしが責任もってうけ合う」

倉橋の顔から血の気がひいた。彼は顔をうつむけていたが、

「西先生」

と、鋭い声を出した。眼が異様に光っている。

「それはどういう意味でしょうか？　いや、善処の方法です」

「うむ」

西は眼をそらした。

「いまおっしゃったことは、どうやらわたしに自殺しろという暗示のようにきこえますが」

「……………」

「わたしが自殺したら捜査は中止される。するといま捜査線上に浮んでいる上司の人々は無事に生き残られる。それでその人たちはわたしに恩を感じる。だからわたしの死後、女房の生活費や子供の教育費はみんなで負担する。そう言われているようですが」

倉橋は声をふるわせていた。

「まあ、倉橋君」

西は課長補佐の鋭い眼を避けながら、低いが押えるような声で言った。

「君は日本人だ。長いこと農林省に勤めて役所に愛着をもっているだろう。また上司の恩義も感じているだろう。日本人で恩に感じないものはいない。また君にしたって、おめおめ縄を腰につけて暗い監獄の中に行くのもいやだろう。ぼくはただそう言ってるだけだよ」

「先生、わたしは監獄に参ります」

と、課長補佐はきっぱり言った。まなじりをあげ、決然たる意志がその蒼い顔にみなぎっていた。

「ぼくだけが死ねば、そりゃ皆はいいかも分りません。だが、そうはいきませんよ、西先生」

倉橋課長補佐に反撃に出られて西弁護士はたじろいだ顔になった。意外な面をこの気の弱い小役人に見出した思いだった。

農林省のボスがこれまで見ているこの課長補佐は、小心翼々として上役の顔色をながめ自己の地位をいかに安全に守り通すかに専念しているような男だった。

いわゆる東大卒の有資格者は、入省したときすでにその出世が約束されている。そうでない学歴の課長補佐は、どのように現場事務に精通しようとも、それから上の階段はのぞめない。

だが、なべて課長補佐は律義者《りちぎもの》だ。その点、あるいは高級官僚よりも国家に奉公するという使命感が強いかも分らぬ。

西が考えるに、この倉橋のように下から地道に叩きあげた人間でなくては上司の存在がどのように絶対的か分るまい。もっとも彼らといえども漠然とは「有資格者」に対して反撥は持っているが、それはせいぜいすぐ上の階級までで、その上、さらにその上の上級者に対しては、まるで地面が空気の厚い層に圧力をうけているように、心理的に抵抗できないものを持っている。それは何十年と役所に勤めた下級官僚に自然とつちかわれてきたものだ。世に会社のため自己が犠牲になるという社員は一人もいない。しかし、役所のために自己犠牲を志願する役人は少なくない。これまでの例では、やはり汚職事件にひっかかって、毒薬をあおったり、自宅で首をくったり、取調べ中の検察庁の二階窓から投身自殺した役人がいた。いずれも上司に事件が波及するのを防ぐためだった。

少ない給料と恵まれぬ環境におかれていながら、なぜ、死を賭してまで上司をかばい、役所の名誉を守るのだろうか。要するに、それは彼らの「国家のため」という背伸びした使命感と、民間会社とは違った上司の威圧感によるとしか思いようがない。そこには、また公務員と名は変ったものの、明治以来の官尊民卑の役人エリート意識が無意識に流れているともいえる。こうした人間は自己犠牲に一つの美徳観をもっている。いま、日本人らしい発想を求めるなら、下級官僚にいくらかその溜り水を見出すのではなかろうか。「国家のため」に「殉死」するという考えを入れないでは、これまでの下級官僚の自決は解きようもない。たとえば、会社の社長以下幹部が贈賄罪に問われる危機にあっても、「会社の名誉」を防ぐために中堅社員が命を絶った例は稀有《けう》なのである。

西弁護士は倉橋課長補佐を最も「気の弱い」役人の一人だと思っていた。

その「気の弱い」課長補佐が、西の自決をすすめる「善処」の言葉に対して、いま、いきなり歯をむいてきたのだ。西としては考えてもみなかった相手の態度だった。

倉橋課長補佐は西に蒼い顔を向けて言った。

「今度のことは、なにもぼくが主立ってやったわけではありません。ぼくはただ上司の指示に従って働いただけです。業者との窓口は、どうしてもぼくがつとめなければならない。実務上のこともそうだけれど、あんまり上司が動いては目立ちますからね。窓口はそうしたものですよ」

西の顔がどうしたわけか次第に柔らいできた。

「そのへんの事情は先生がよく知っておられるはずです。上司といっても、ぼくの直接上司もあるし、何段階も上の上司もある。日ごろから雲の上の存在だったこうした上司から、ぼくは今度ずいぶん好意のある言葉をもらいましたよ。こんなことは長い官吏生活のなかでめったになかったことです。岡村局長だって、あんな下の者なんか歯牙にもかけない人がぼくをこっそり呼んで、何ぶん、よろしく頼むよと、わざわざお言葉をいただいたんですからね」

「……」

「ばかをみたのはぼくです。係長の大西君も気の毒です。実務の上ではぼくが彼を使ったんですからね。さっき、ぼくと大西君の立場を扇のカナメにたとえられましたが、それはほんの小さな部分です。もっとも大きなそれこそ肝心カナメの部分は、われわれをはるかに超えた上のほうです。こういう人たちがどんな報酬を業者からうけているか、大体、察しはつきますよ」

「……」

「そりゃぼくだって長いこと農林省につとめて役所には恩がある。また上司のかたがたにも義理はあります。だが、そのためにぼくがどうして自決しなければならないんですか？　ぼくはそんなことはいやですね。いままで、いわゆる汚職事件で自殺した人は多いが、ぼくはそういう人を軽蔑しますよ。笑っているのは、それで助かった大口のほうじゃありませんか。西先生、先生はどなたに頼まれてぼくを説得しようとなさったかわかりませんが、きっぱりお断わりします。たとえ、ぼくが警視庁に引っぱられても、ぼくは自分を守ります」

西が急にヘラヘラと笑い出した。

「いや、よくわかった」

彼は眼尻まで下げて、

「べつにそういう意味で言ったわけじゃないから、倉橋君、誤解をしないでくれ……ま、ぼくも少し言葉の表現が足らなかったようだ。君に善処してくれと言ったのは、なるべく役所に迷惑をかけないようにしてもらいたいという意味なんだ。君は少しカングりすぎたようだな」

と、明るい声で笑った。倉橋は、そうした西の変化を黙って見ている。

「退職のことも君が自分で辞職願を出すことはない。公判の結果を待たなければ、君が有罪か無罪か決定しないんだからね。はたの者はどう言うかわからないが、ひとまず休職にしてもらおう。そりゃぼくが君の力になるよ。ま、いままで言ったことはきれいに忘れてくれ。そうだ、君も今度のことではずいぶん心痛したね。今夜はひとつ、この宿でゆっくりと遊ぼうじゃないか。今夜はぼくが君を慰労するよ」

と言って、彼のほうから倉橋に握手を求めてきた。

西は、いままでの話はなかったことにしようと言い、いまから土地の芸者を呼んで愉快に遊ぼうと提案した。

「いや、たいへん失礼しました」

と、倉橋はほっとした顔で述べた。

「倉橋君、君の気持はよくわかった。君は芯《しん》のある男だ。ほかの連中とは心構えが違う。失礼だが、見直したよ。これからはぼくも君のために本気になって努力するからね。警視庁のほうや検察庁のほうは、ぼくが一生懸命に工作する」

と、西は何度も言った。心から倉橋の硬骨に感心した顔だった。

「もう、お話はすみまして？」

と、西の女が襖の間から顔を出した。

「すんだ、すんだ」

西は上機嫌で、

「倉橋君、今夜は飲もう。久しぶりにこういう山の温泉にきたのだから、芸者でも呼ぼう」

と言った。もともと酒の好きな倉橋である。それに今夜は、上司のお供で出張したときのような窮屈さはなかった。西は自分だけ女をつれてきているひけ目もあったのであろう、女中を呼び、土地の芸者を三人ほどすぐ呼べ、と命じた。

西の女はきれいな顔だが、どこといって特徴はない。白い肌のぼってりとした身体つきだった。彼女が倉橋と西とに酌をしているとき、芸者が三人顔を出した。二人は年寄で、一人は若い。三人とも見られた顔ではなかった。そのかわりよくしゃべる。座持ちはいい。

「せっかく、このへんにきたんだから、東北の民謡でもきかしてくれるか」

西の注文に五十ばかりの女が三味線を抱えた。四十女と、二十二、三の芸者とが替るがわる民謡を歌ったが、何でも器用にこなした。座は賑やかになった。

「お客さんもどうぞ」

と、老妓に言われて、西が小唄を唸った。稽古した唄いぶりである。

西の女がひとくさり長唄をうたった。芸者から三味線を借りての爪弾《つまび》きである。それで素姓《すじょう》は知れた。土地の芸者はしきりとほめたが、面白くない顔つきだった。

「倉橋さんも何かお出しになったら？」

倉橋は酔っていた。彼は追分をうたった。嫋々《じょうじょう》たる声である。みんな喝采した。

「こんなのを歌うと寂しくなりますね。ひとつ、賑やかなのをやりましょう」

と、倉橋は、八木節、木曾節、安来節を次々に出した。彼自身が興に乗っていた。

西の要求をはねつけ、さらに西からは、今後はできるだけの努力をする、心配するな、と激励されて、倉橋はすっかり屈託から解放されたようだった。

「じゃ、ひとつ、こんどはカッポレでもやりますかな」

彼は真赤になった顔で起ち上がり、尻からげした。

「倉橋君は芸人だな」

と、西が手をたたいて感心した。

騒ぎは二時間あまりもつづいた。あまり賑やかなので、宿の女中たちがそっとのぞきにきたくらいだった。

山峡《やまかい》の夜はふける。


西と倉橋課長補佐、それに西の愛人の三人は、夜の十時半ごろまで騒いだ。芸者たちが、久しぶりに面白い座敷だったと言って喜んだくらいである。実際、倉橋のはしゃぎかたは目立った。彼は芸者の三味線に合せてよく踊った。西の女も、

「倉橋さんがこんな芸人とは思いませんでしたわ」

と、無口な唇からほめた。

「まったく君も隅におけないな」

と、西も倉橋を見直したように言った。

倉橋は、これまでの憂悶を今夜一晩の騒ぎで吐き出したふうにもみえた。彼は何もかも忘れたように騒ぎに熱中した。一つは、西の申込みを拒絶した結果、かえっ

て西から今後の事件の見通しを明るいものととったのかもしれぬ。事実、西は倉橋にそう約束したのである。

十時半ごろ、西は倉橋の耳に、

「気に入った妓《こ》がいたら、どうだね？」

と、ささやいている。これは西自身が女をつれてきているので、その手前の遠慮もあったのかもしれぬ。あるいは独り寝の彼に同情したともいえそうだった。

倉橋は、それを笑いながらきいていたが、首を横に振った。実際、食欲を起すような芸者ではなかった。

ようやくお開きとなって、西は彼女といっしょに自分の部屋に入る。

「じゃおやすみ」

西からにこにこして言った。

「おやすみなさい。どうもご馳走さま」

倉橋が自分の部屋に帰ると、すでに床の用意ができていた。だが、彼はすぐに寝るのではなく、下駄をはいて裏庭に出た。酔ったせいもあってか、山峡の夜気は彼の頬に心地よかった。倉橋は、そこで十分ばかり体操をこころみた。これは通りがかりの宿の女中が見かけている。

倉橋もそれに気づいて、

「ねえさん、アンマさんを呼んでもらおうかね」

と頼んだ。

「承知しました。あいにくと、このへんには男のアンマさんはおりませんけれど」

「いや、女でもいいよ。なるべく上手なひとを頼む」

女アンマは三十分ばかりしてその宿にきた。このとき倉橋は床の上に膝を組み、新聞を読んでいた。女アンマは盲目ではなかった。

「やあ、ご苦労」

と、倉橋は言って身体を蒲団の上に横たえた。

女アンマは、脇腹を下につけて横たわった彼を肩の上から揉みはじめた。

「だいぶ肩が凝っておられるようですね」

と、彼女は指先を動かしながら話しかけた。

「そうかね。どうも近ごろ年のせいか、すぐ肩が凝る」

「殿方でも旦那さまのようなご年配になると、そういう生理現象が起ります」

「まだまだ、これで長生きしたいからね、なるべく若返るようにしたいものだ」

「近ごろは人間の寿命も延びましたから、大丈夫でございますよ」

女アンマは愛想を言いながら脇腹に揉む手を移した。

「アンマさん、近ごろどうだね、忙しいか？」

温泉地の女アンマは客との話に馴れている。客の話題はたいていきまっていて、この温泉地の生態や、近くの名所や、あるいは、アンマ自身の身の上などの質問だった。

倉橋もその例外ではない。アンマは、紅葉の季節がすぎたので、これからそろそろひまになる、そのあとは正月の客とスキー客だと話した。

「なるほど、ここはスキー客が多いだろうね」

「こんな小さな温泉ですが、もう、東京から半年も前に予約しないと部屋がとれないくらいでございますよ。でも、今年は不景気のせいか、それほどでもないということです」

倉橋はアンマの言うままに寝返りをうった。眼を閉じ、いい気持になっている。

「旦那さまはお子さまがおありですか？」

今度はアンマがきいた。

「ああ、二人いるよ」

「左様でございますか。こうおたずねしては失礼かもわかりませんが、上のかたはもう大きくていらっしゃるでしょうね？」

「上は高校でね、来年大学に入ることになっている」

「それはお楽しみでございます。けど、このごろはどちらさまも子供さんの教育に熱心ですから、たいへんでございますね」

「ああ。下の子がまだ中学二年だからね、ぼくもこれでなかなかたいへんだよ。まだ元気でいてやらなきゃならん。勤めに出ていると、うっかり病気もできないよ」

「ほんとに、親は子供のために働いているようなものでございますが、それでもわたしなどと違い、お子さまの楽しみがございますから結構です」

「おや、アンマさんはまだ独りかね？」

「いいえ、これでもつれ合いみたいな者がおるにはおりますが、まだ子供は授かっておりません。いわば亭主と共稼ぎで、わたしなんざ亭主のために働いているようなもので、ちっとも面白くありません」

「夫婦共働きなら結構だ。こんな空気のいいところで働けるのは仕合せだよ。何の心配もなく、ほかへの気兼ねもなしにやれるんだからね」

と、これは少しわが身につまされた言いかたになった。

「その点だけは気楽でございます」

一時間近くかかって揉み療治が終った。

「ああ、いい気持だ。いくらだね？」

と、倉橋はアンマの言う料金にいくらかのチップを加えて出した。アンマは礼を言い、おやすみなさい、とあいさつして静かに襖を閉めた。

東北の山峡の湯宿は、こうして夜が更けていった。旅館の部屋もいつか灯が消えている。むろん、西弁護士の入った部屋は早くから明りがなかった。

女アンマが出たのを最後に宿では表の戸を閉めた。

静かなものである。もう梟《ふくろう》も啼かず、川のせせらぎの音だけがあたりに高くひびいていた。そのほかは、ときどき、天童方面に抜けるトラックが通るだけである。

山峡の朝は陽ざしが当るのが遅い。まして七時半ごろでは夜明け直後のようにうす暗い。それに、このへんは朝霧が濃く、川から山にかけて絹綿のようにねばりついている。

むろん、旅館もこの霧のなかに埋まって、まだ睡っていた。聞えるのは川の音で、これだけは休むことはない。川には岩石が多く、そこだけはせせらぎの音が一段と高く、川岸も七、八メートルくらいの断崖になっている箇所がある。これも今は霧のなかだった。

ひとりの男が、その川岸から下をのぞいていたが、急に駆け出すように足早になると、上のほうの坂道をのぼって行った。突き当りが旅館になっている。男はこの宿の着物をきた客だった。

「おい、大変だ」

と、客は開いている玄関から入ると、早起きの女中にどなった。

「おれの友だちが、そこの川で倒れている。すぐに人を集めて、この宿の中に運び入れてくれ」

客は西弁護士だった。

女中があわてて主人を起しに奥へ走りこんだ。主人が出てきて、男の雇人が三、四人集まるまで、西はじりじりして足踏みしていた。

「旦那、どこですか？」

「そこの川だ。ぼくが散歩に行って見つけたんだ。部屋は違うが、昨夜からいっしょに泊まっている友人だ。農林省の役人だから、大事な人だ」

本省の役人と聞いて、宿の主人も厄介な事故という意識がふきとんだ。なるほど、それなら大へんな人だ。

発見者の西が案内して、一同は現場にきた。断崖の上から西が下を指したが、川音がきこえるだけで、下は白い霧が一面に張っている。

(よく、あれで、下に人が倒れていると分ったものですな)

と、宿の主人は語っているが、これはずっと後になってのことだ。

このときもほかの者にはよく見えなかったが、西が、とにかく先頭に立って、断崖の低いところを回って川ぶちに下りたので、一同も彼に従った。

ごろごろした岩だらけの、足場の悪いところを踏んでゆくと、はじめてそこで人のかたちが岩に伏せていることが分った。高い崖の真下だから、そこから落ちたとはすぐに知れる。宿の者は自殺だと直感したそうである。

伏せた男は同じ宿の着物をきていた。血は流れていなかったが、これは最初見たときの誤りで、雇人たちが抱え上げようとしたとき、頭の右側部、つまり、顔を横向けにし、右耳のほうを岩につけていたのだが、その下から、血が水筒から出るように、ごぼごぼとこぼれ流れた。

宿の主人は、これはいかん、頭を岩に打って即死していると思った。

「なにをぐずぐずしている。早く宿に運ばないか。こんなところに置くと死んでしまう。家のなかに入れて、医者を呼ぶんだ」

西の怒声にひきずられて雇人たちも、つい、運搬にかかった。倉橋課長補佐は抱えあげられても、ぴくとも動かなかった。

課長補佐の死

倉橋課長補佐は宿の男たちに抱えられて運ばれたが、ぐったりとして顔も土色となっている。梅屋の主人はその様子を見て、もう、これは駄目だと思ったそうだが、西が、手首の脈にふれて、「まだ動いているから、早く寝かせて医者を呼べ」と宿の者をせきたてた。

倉橋の身体は旅館のなかに運ばれて広間に寝かせられた。頭からの出血がひどいので、西が宿の者に命じて手拭いで繃帯《ほうたい》がわりにしばったが、それも忽《たちま》ち真赤にそまる。倉橋は口からも血をこぼしていて、死んだも同然だった。

土地の医者は三十分後になってやっとかけつけたのだが、その前に西は、

「倉橋君、しっかりしろ」

と、耳もとに怒鳴り、彼の上にまたがってむやみと胸を手でこすった。

土地の医者はしゃがんで、怪我人の眼に懐中電灯を当てたが、すでに瞳孔は開いていた。聴診器にも心臓の鼓動は伝わらない。

「すでに亡くなっておられます」

と、中年の医者は横にいる西にいった。

「本当にいけないんですか？」

西はおろおろしていた。

「ほとんど即死ですな」

「……」

西は声も出なかった。悲痛な顔で倉橋を見おろしている。

が、彼はすぐに宿の主人に、

「東京に電話して、農林省を呼び出して下さい。特急ですぐ」

と命令した。

そこに土地の派出所から警官がきた。

「この人はどういう人ですか？」

と、巡査部長が西にきいた。

「農林省の食糧管理局第一部食品課の課長補佐で、倉橋豊という人です」

「本省の？」

巡査部長もそれをきいてちょっと緊張した。

「川岸の崖から落ちて頭を打ったということですが？」

と、これは半分医者のほうを見てきく。

「そうなんです」

と引きとったのは西だった。つづいて、自分はこういうものだと、巡査部長に弁護士の肩書の名刺を出した。

「これはどうも」

と、巡査部長は東京の弁護士に敬意を表した。

「実は、昨夜から倉橋課長補佐とここで落ち合って、いっしょに飲んだわけです」

と、西は語り出した。

「倉橋さんは北海道に公務出張の帰りでしてね。わたしも丁度ここにくる予定があったので、倉橋さんが北海道にゆく前、では、帰りは作並温泉で落ち合って久しぶりに愉快に飲もうじゃないか、ということになったわけです。それで、昨夜寝たのが十一時ごろなんですが、わたしは年寄りで眼が早くさめる習慣でしてな、今朝の六時半には眼がさめたので、宿の人に玄関脇から外に出してもらったんです。そうしてぶらぶらと川のほうに行って、あの崖の上に出たんですが、ふと下をみると、なんだか岩の上に黒い人間みたいなかたちのものが横たわっている。そこで下りてみました……」

西弁護士は、倉橋課長補佐の「遭難」について巡査部長にしきりと説明した。

「降りてみて、それが倉橋君とわかってぼくはびっくりしたんです。それで、すぐに宿に連絡し、ここにつれて帰ったんですが、まさか即死とは思いませんでした。ちょっと見て、足をすべらして怪我をしたと思ったもんですからね。それにぼくの知った人だし、手当てをすることが第一だと思ったんです」

西のいうところによれば、助けることが第一と心がけていたので、当人が死んでいたことにはまったく気がつかなかったと言う。

「すると、この課長補佐のかたは今朝早く宿を出て、あの場所に散歩にゆかれたわけですか？」

「そうだろうと思います。ただ、わたしの部屋と彼の部屋とは離れているので、その行動はわかりません」

「ごいっしょではなかったわけですね？」

「部屋は別々です」

巡査部長は、このとき首をかしげて、

「先生はさっき、宿の者にいって玄関脇から外に出たとおっしゃいましたね？」

「ええ」

「すると、このかたはどこから外に出られたんでしょう？」

「さあ」

西は別の部屋に寝ていたので、それも知らないといった。ただ、彼はこう付け加えた。

「この場所でこういうことを言うのはどうかと思いますが、倉橋君はこのごろノイローゼにかかっていました」

「ノイローゼ？」

「はあ。あることで非常に煩悶していましてね。昨夜も彼の気分を何とか引き立てようと思って酒を飲ませ、芸者を呼んで騒いだわけです。彼も酒を飲むと気分がよくなったのか、大ぶんはしゃいでいました。だが、ノイローゼの常として、そうしたあとは反動的に憂鬱が昂じるものだそうですね。だから、彼が今朝早く外に散歩に出たのも、そうした憂鬱症的な精神状態であったのかもわかりません……こうなれば、彼といっしょに寝ていればよかったと思います」

「すると、課長補佐は自殺とお考えになるんですか？」

「そのへんの断定はわたしにはできません。自殺かもしれない。しかし、よく睡られず、頭が変な具合になったので、気分直しに朝早く抜け出たのかもわかりません。そして、あの場所にふらふらと行って足を踏みすべらしたとも考えられます。そうなると、事故死でしょうな」

西がここまで話したとき、東京に申し込んだ電話が出たと知らせにきた。

西は大急ぎで走ってゆき、電話口に立つ。

「食糧管理局長の岡村君を頼む。こちらは西だ」

西は交換台に叫んだが、相手が出ると、急いで言った。

「ああ、岡村さん。西だが。いま、宮城県の作並温泉にきています。……いや、それどころではない、大へんな事故が起ったんだ。あんたのところの倉橋課長補佐が死んだんですよ。ええ、急に死んだんだ。事故死、事故死。……つまり、崖から落ちて頭を打って亡くなったんだ。そこでだな、すぐに遺骸引きとりに農林省から誰かをよこしてもらいたい……」

西の大声は、少しはなれている一同の耳にもきこえていた。

岡村局長は西弁護士からかかってきた電話をきき終ると、しばらく煙草を吹かした。西の電話は宮城県の作並という田舎の温泉地からで、そのせいか電話の声もひどく低かった。西は昂奮した調子でかなり大声で言っていたのだが、いかにも東京から離れた土地からかけているように、耳に遠かった。

だが、話の内容は、耳にしたときよりも、そのあとから局長の胸に次第に衝撃をひろげてきた。部下の変死を悲しむよりも、喜びが心の隅から強く湧いてきた。それで、不意だという驚きがこない。おどろきがないのは、漠然とこの結果を期待していたせいかもわからなかった。

局長は十分間ばかりひとりで黙っていた。

彼は窓のほうへ向かって歩き、四階の窓から内庭を見おろした。朝の陽が明るくおりている。この同じ陽が遠い作並温泉にも降りそそいでいる。作並という土地は行ったことがないのでわからなかったが、仙台の近くだという。局長は地図を調べる気もしなかった。

助かった、というのがこのときの岡村の実感だった。倉橋の死で砂糖汚職事件は潰滅《かいめつ》する。よく死んでくれた、と局長は課長補佐に感謝した。

倉橋は実直に三十年をこの省で叩きあげた男である。決して能吏ではないが、事務には精通している。エリート・コースではないから、当人も万年課長補佐で満足していた。それがほんの僅かな誘惑で助平根性を起したのだ。

助平根性とは、倉橋のような「兵隊」が、あるいは上位に一階級進めるかもわからないという希望だった。局長は部長にいい含めて、課長を飛び越え倉橋に、今度の原糖割当てでは特別措置を講じるからそのように書類を作ってくれと言った。こっそり外の場所に呼んで食事を共にしたときである。

部長の報告によると、倉橋課長補佐はそのとき感激していたという。局長からもよろしくということだったと部長が伝えると、倉橋はたいそう感動して職務を賭すと言ったそうである。

だが、部長にも手ぬかりがあった。ことは課長補佐だけですまない。事務処理には窓口的存在の係長との共同作業を必要とする。倉橋が部下の係長を説得したのはいいとして、この係長の身辺からことが露顕しはじめた。

警視庁が動き出したという情報は、岡村局長が北海道に出張する以前からキャッチされてはいたが、出張中に摘発が急速に進み、当の係長と死んだ課長補佐が警視庁に参考人として呼び出され、「事情聴取」された。

警視庁の捜査はかなり核心に迫っているようだった。

岡村局長が出張中に北海道から呼び戻されたのはこの段階だった。

いま岡村は十分ばかり窓際に立ったり、机の前に坐って考えたりしていたが、やがて卓上にならんでいる電話機の一つをとると、これからそちらに伺ってもよろしいでしょうか、と次官室に問い合せた。

岡村局長が次官室にゆくと、次官は机から離れてゴルフのクラブを振る真似をし、腰をひねって練習していた。

「ご勉強ですね」

岡村は次官の腰の回転をしばらく眺めていた。岡村の声が明るいのも、倉橋課長補佐が死んだときいてからである。いや、きいたときよりもあとになるにつれて心が明るくなってきていた。

「今度の日曜日に昭和窒素《ちっそ》の連中とゴルフをやるんでね、いまから身体のトレーニングをしていますよ」

次官は動作をやめて椅子に戻った。次官は一年先の退官後、昭和窒素に重役として入る約束になっているらしい。

岡村局長からみて次官は無能な役人だった。毒にも薬にもならない。次官に上がったのは省内の勢力均衡から押しあげられただけで、そんなことでもなかったら万年局長で終る男だった。局長時代も仕事をしないことで有名だったが、次官になってからも何もしない。決断力がなく、責任を回避することにつとめている。何かといえば、大臣のご意見を伺ってから、と慎重に逃げるのが癖だった。

岡村は次官の真向いに腰をおろして机の上に上半身を傾け、低い声でいった。

「たったいま西君から電話があって、課長補佐の倉橋君が急に死んだと報らせてきました」

「死んだ？」

次官は茫洋とした顔つきに急におどろきをみせ、眼をむき出した。

「そりゃ本当かね？」

と、突拍子もない声でき返した。

岡村は、この次官も原糖割当てで政治家から依頼をうけ、便宜をはかるように頼まれていたのを知っている。業者からもそれに相当する金がいっているはずだった。

「西君がいっしょに行っていたそうですから、間違いはないでしょう」

岡村は答えた。

「どこで？」

「仙台の近くの作並という田舎の温泉です。二人は昨夜からそこに泊まっていたそうですがね」

「西君がいうのなら本当だろうが、一体、どうして倉橋君は死んだんだね？　自殺かね？」

と、次官は思わず本音を吐いた。課長補佐の突然の死をすぐ自殺に結びつけたところに、次官にも漠然と自殺への期待がなかったとはいえない。

岡村は簡単に電話の内容を報告した。

「西君は、倉橋君が散歩の途中崖から足を踏みはずして転落したというんですがね。いずれにしても、すぐに本省から遺骸を引きとりにきてほしいというんです……現地で警察が介入しない前にそうしたいというんですよ。もちろん、遺骸は農林省関係の建物のなかに一応安置したのち遺族にお渡ししたほうがいいというんです」

遺骸を直接遺族に渡さないというところにトリックがあった。

太田次官は、岡村局長のいう西の言葉の意味を了解したようだった。

「それじゃ、君、こちらから、車を何とかいう温泉に出すように手配したほうがいいですね」

次官の顔にも安堵《あんど》の色が流れていた。

「そうします」

「それから……」

と、次官はことさらにむずかしい顔をして、

「このことは新聞記者には嗅《か》ぎつけられないようにしたいものですね」

と、局長をちらりと見た。

「もちろん、その点は十分に気をつけさせます」

「だれが倉橋君の遺体を受取りに行くんですか？」

「そうですね」

局長は考えていたが、この人選は煙草の種類を選ぶよりも簡単だった。

「総務課の山田事務官がいいでしょう」

「ああ、君のお供で北海道に行った事務官ですね」

「気は利きませんが、年を食っているので、よくいってきかせれば、目立たない点では適任だと思います。それに総務課ですから、当然の任務です」

「年の功ですな」

次官ははじめて声のない笑いを洩らした。

「遺族に知らせるのはどうします？」

次官は配慮した。

「本当はいま通知すべきでしょうが、それだと、遺族もいっしょに車に乗せて現地に行かせなければなりません。それはちょっとまずいと思いますので、車が向うを出発して二時間ぐらい経ってからのほうがいいと思います。あすこからだと十二、三時間はかかるでしょうから」

　次官はうなずいた。それでいいというのだ。

「大臣への報告はいまがいいですかね？」

と、次官のほうから局長にたずねた。次官は岡村が大臣のお気に入りであることを知っている。

「山辺さんにはぼくからあとで話しましょう」

と、岡村は軽くいった。大臣と呼ばないで山辺さんと言うところに、彼はその親密さを次官に誇示した。

「では、さっそく車の手配をします。総務部長にはあっさり話す程度にして、山田君にはぼくから直接言います」

「お願いします」

　次官は機嫌よく局長をドアまで見送ったあと、ふたたびゴルフの練習をはじめた。

　これで次官は心安んじて昭和窒素の招待ゴルフに行けるだろうと、廊下を歩きながら岡村は思った。

　局長室に戻った。机の上のボタンを押して総務部長を呼びつけた。頭の禿げあがった背の高い総務部長は、倉橋課長補佐の急死を局長からきいてびっくりした。岡村はわざと詳しいことは言わず、苦りきった顔をした。それで部長もあとの詳しいことをきく勇気がない。まもなく山田事務官が呼ばれてきた。

山田事務官は午後の列車で上野から仙台行に乗った。急な出発である。局長と部長に呼ばれての命令は、倉橋課長補佐が仙台の田舎の温泉で急死したので、その遺体を東京に引取ってくることだった。

岡村局長はいう。倉橋課長補佐は温泉の近くの崖から足を踏みすべらして川に転落して死んだ。事故死だが、こちらに遺体を引取るまで世間にはあまり知られたくない。それで、向うに行って遺体を本省差回しの車にのせ、いっしょに東京まで乗って帰るようにせよ。車は運転手だけが乗ってすでに東京を出発している。本当なら山田もその車に乗るべきだが、相当な時間がかかるから、山田は汽車でゆき、向うで車が到着するまで万事用意をしておくようにと言うのだった。

「わたしひとりでしょうか？」

山田がきいたのは倉橋の遺族のことだった。局長は、遺族は東京に帰ってから遺体を安置する場所に呼ぶので、そのほうの手配はこちらでするといった。

「すると、遺体は遺族の家に運ぶのではないのですか？」

山田が無感情にいうと、

「都合があって総務部次長の官舎にする。ちょうど、その官舎がいまあいているので、場所も広いし、お通夜にも便利だ」

と、局長は答えた。次長の官舎は、前任者が地方に転出したあと後任者が入らないままになっている。

山田はふしぎなことだと思ったが、局長から直接にいわれたので聞き返しもしなかった。疑念は自分だけの胸にたたんでおくのが永い役人生活の習慣になっている。

「向うには西弁護士がいる。西さんは君も知っているだろう？」

局長は言った。

「じかにはお話ししたこともありませんが、西先生のお顔は知っています」

「その西先生がすでに倉橋君の遺体の始末はして下さってるはずだ。二人でその温泉に泊まっていたんだからね。君はその指示をうければよい」

「はい」

言われた通りを手帳につけた。これもその場で叱られた。

「そんなことをいちいちメモしなくても、子供じゃあるまいし、頭の中に入れておきたまえ」

岡村局長は本気に怒った顔だった。

山田事務官は汽車の中で、出発前のそんなことを思い出している。手帳につけてはいけないと言われたが、自分の机に戻って、忘れないうちに手帳に命令を書き留めている。そうしてはいけないというのは、何か証拠にでも残るといけないという局長の気持からだろうか。

山田事務官が作並温泉に着いたのは、その晩の九時ごろだった。

こんな辺鄙《へんぴ》な田舎でも、温泉場にくると、さすがに大きな旅館がかたまっていて、道路には数は少ないが温泉客が歩いている。運転手に、川が流れていて崖になってるところがあるか、ときくと、それはもう少し先だ、と言った。

山田も、死んだという倉橋課長補佐はよく知っている。つき合いはないが、その人物が長いこと下積みできたせいか、仕事はできるにしても、性格的には少々ひがみ根性を持っているように思っていた。

倉橋はよく上司の陰口をきいていた。上司というのはほとんど「有資格者」で、倉橋や山田のような「兵隊」とは身分的に違う。それで、兵隊の劣等感はとかく役所の機構に偏見を抱かせる。それが上司に対する反抗となって現れるのだが、倉橋課長補佐にもそうした傾向があった。

しかし、倉橋がそうした「反骨」を徹底的に持っていたとは思えない。やはり彼もチャンスさえあれば出世を願っていたようだ。したがって、自分を認めてくれる有資格者の上司にはわりと従順だが、そうでない上司には抵抗していたようだ。そこに倉橋の処世的な融通性があった。同僚も倉橋には狡《ずる》いところがあると評していた。

その倉橋が、ここ一年ばかり急に上司の陰口をきかないようになった。のみならず、ひどく上からのいいつけに従順になっていた。ことに岡村局長には惚れこんでいたようで、あんな政治力のある人はいない、いままでの局長とは段違いに大きい、皆はそれを誤解しているのだ、とよく言っていた。

それで、仲間は、羽ぶりのいい岡村局長に倉橋が追随しているのだと噂していた。倉橋というのはそういう男だ。骨があるようで実は俗物だと、山田もみていた。

今度の砂糖汚職にひっかかったのは倉橋があまりに上司への忠勤を励んだ結果だと、山田は観察している。仲間も一人として倉橋に同情する者はいない。自分のためには仲間もふり返らない彼を、役人の中でよく見かける典型的な利己主義者だと批判している。かつていっしょに上役を罵った仲間にとっては、最近の倉橋の行動は裏切者のようにみえていた。

いまも山田は、その倉橋の遺体を受取りにゆくのに何の感情も起っていなかった。上からの命令で書類でも取りに行くような気持だった。いろいろ疑点はある。たとえば、本人の遺体を受取りに行くのにその遺族を一人も同伴しないこと、また自分が出発するまでにはその事故死を遺族にも報らせてない様子なこと、遺体を引取りに行くのにわざわざ本省から車を差回すこと、その車に積んだ遺体は遺族宅に運ばれないで農林省の空家になっている官舎に届けること、さらにこの課長補佐の死は現在省内でも秘密に付せられていることなどだった。

しかし、山田は、そんな自分の疑問を一切表情には出さないで梅屋旅館の玄関に立った。彼は出世の望みを失った典型的な属官であった。

山田が女中に案内されたのは奥の立派な一間だった。西だけでなく、なまめかしい若い女がいっしょにいた。山田は、こんな際に平然と女を自分の眼の前にみせている彼の度胸におどろいた。

「やあ、遠いところをご苦労さん」

と、西弁護士はまるで上司みたいな口をきいた。

「あなたが見えるということは岡村君から電話で連絡があったんでね。汽車が長いから疲れたでしょう？」

「いいえ、そうでもありません。先生、今回はどうも倉橋さんのことでいろいろご厄介をかけました」

「いや、倉橋君もとんだ災難でね。ぼくがついていながら大へんな手抜かりでした。もっとも、こちらが眠ってる間に倉橋君のほうでこの宿を飛び出して行ったものだから、不可抗力とは言えますがね」

弁護士は不可抗力というところに力を入れた。

「まあ、何はともあれ、ビールでも飲んで下さい」

西は女に命じて、すぐ室内電話で帳場からビールを持ってくるようにさせた。

「倉橋さんの遺体はどこに安置してあるんでしょうか？」

山田はビールよりもそのほうが気にかかった。

「ぼくがこの宿にいいつけて一部屋とらせ、そこに鄭重《ていちょう》に安置してありますから、大丈夫です。いずれ、そこに案内しますから、まあ、ゆっくりビールをのどに流して下さい」

「はあ」

「今夜は遺体を車に載せて、あなたもいっしょに東京に帰るんでしょう？」

「そりゃ大へんだ。夜どおし車の中では睡られもしない。倉橋君の遺体に焼香していただいたあとは、ゆっくりと寝て下さい」

「はあ」

「それにはビールを飲んだほうがいいですよ」

と、西はまるで温泉場の逗留客のようにのんびりといった。

ビールがくると、女中が栓を抜いた瓶を西の女が山田のコップに傾けた。

「どうぞ」

「はあ」

女は馴れた手つきである。

「本省のほうの模様はどうです？」

西も女につがせたビールを飲みながらきいた。

「大ぶん騒いでいます。何しろ急なことですから」

「そうでしょうな」

西はにこにこしていた。

「電話で第一報を入れたときだが、さすがの岡村君もあわてていたようですからな。

しかし、人間、わからないもんですね。だれだって死ぬにきまってるんだが、まさか、こんな田舎の温泉で、川に落ちて命を落そうとは、当人も夢にも思わなかったでしょう。気の毒なことです」

雑談がひとしきりすむと、さすがの山田事務官もこの場に落ちつけなくなった。

「西先生。では、倉橋さんのご遺体を拝ませていただきましょうか？」

「ああ、そうだったな」

西は気がついたように女をそこに残し、山田を案内した。それはこの宿でもいちばん悪い部屋と思われる六畳ぐらいの間だった。

山田はそこに一歩足を入れて眼をそむけた。白木の棺が置かれたままで、だれもそこに居ない。なるほど、棺の前には、この宿が設備したらしい花立てや焼香の壺はある。また菓子や果物などの供物もあった。だが、焼香の煙は立っていても蠟燭《ろうそく》には火がなかった。その線香も短くなったままである。他人のなかで死んだ倉橋の不幸がまざまざと見えるようだった。

近くの部屋では客と女中の笑い声がきこえている。二階では三味線が鳴っていた。ここにいるあらゆる人間が倉橋とは他人だった。それにだれ一人としてこの部屋に居ないことが宿の迷惑をまざまざと現わしていた。

山田はマッチをすって蠟燭に火をつけ、線香三本をその炎にかざした。手を合せたが、自分もこの仏とはあまり縁のないことに気がついた。倉橋とは仕事の上でも関係がなく、私的にもつき合いはない。ただ、役所で顔を合せれば何かの拍子に雑談をする程度だった。

倉橋にいちばん近い人間といえば、ここでは西だけだった。その西は棺の傍に立った。

「山田君。それでは、仏の顔を見ていただきますかな」

「はあ」

山田は西の傍に行った。

西は棺のふたを少しずらせた。山田がのぞくと、倉橋の顔が底に沈んでいた。その顔よりも、額から顎にかけて厳重に包んでいる繃帯に山田の眼は先にいった。死人の顔が蒼黒いので繃帯の白さが目立つのかもしれない。

倉橋の死顔は、ちょうど標本のように繃帯の中におさまっていた。眼を閉じて、案外平和な表情だった。それが標本のように感じられた通り、山田はこの仏に何の感情も覚えなかった。悲しみも感動もない。ただ、少々気の毒だと思うだけである。

山田が、その顔に巻きついた繃帯を、というよりも、繃帯の下にある負傷の箇所を見るような気持で眼を注ぐと、西は途端に白木の蓋を閉めた。倉橋の顔が現実から消え、山田の眼に残像としてとどまった。

「やれやれ。人間もこうなるとおしまいだな」

西はひとごとのように言い、用心深く山田が点じた蠟燭の火を消した。

「さあ、山田君も疲れているだろうから、車がくるまで睡ったほうがいいでしょう。支度はさせてありますよ」

西は廊下に出て女中を呼んだ。

東京からの本省差回しの車がこの旅館に到着したのは、その真夜中であった。

東京から運転手がきたという知らせをきいて、山田は玄関に行った。顔を知っている本省の運転手が灯の下に立っていた。

「やあ、ご苦労さん」

山田は宿の者にいいつけて西を起しにやり、運転手を空いた部屋に入れて休憩させ、夜食を出させた。

山田は、遺体を安置している部屋に行ったが、戸をあけたとたんに、中から異臭をこめた冷気が顔を強く襲った。実際には臭気があるわけではなかったが、うすぐらい電灯だけのこの部屋に立つと、死人の世界に入ったようだった。白木の棺が氷のような空気の中に横たわっている。

それでも、山田はマッチをすって蠟燭に火をつけ、棺に向かって最後の合掌をしていると、うしろの廊下から大勢の足音がきこえ、西と宿の主人と番頭たちが入ってきた。

「やあ、ご苦労さん」と、西は山田に立ったまま声をかけた。

「それじゃ、自動車にお棺を運びましょうか」

西が棺の端に石で釘を打った。その音がまた冴えて高くひびく。

さすがに西が棺の頭のほうを抱えた。山田は反対側を持ち、宿の者が両方から手を貸した。悲しみのない儀式だから、単に荷物の運搬であった。

棺は寝静まった宿の暗い廊下を玄関に向かって運ばれた。先に立った宿の男が懐中電灯で足もとを照らしている。トンネルのように長くて暗い廊下を歩きながら、山田は肩を震わせた。真夜中の寒さのせいもある。

玄関に立っていた運転手が棺を見て、白い手袋を帽子に当てて、挙手の礼をした。これが唯一の儀式らしいものになった。

大型の車の座席に棺はそのまま横たえられた。見た目に悪いというので、宿ではテーブルクロスを二枚持ってきて、その上にかけた。

「じゃ、山田君」と、西はどてらのままで、使いを頼むような口調でいった。「ご苦労さまです。よろしくお願いしますよ」

「はあ」

「運転手さん。いまは午前二時だが、東京には何時ごろに着くかな？」

「そうですね。やはり午後二時くらいにはなるのではないでしょうか。都内に入ると、どうしても混みますから」

「断わるまでもないが、なるべく外から中が見えないようにして下さいな」

助手席に山田はすわった。運転手が次に入ってきてハンドルを握った。

山田が横を見ると、西弁護士はふところ手でこっちを見送っていた。宿の者が丁寧に頭を下げるなかで彼だけは傲然《ごうぜん》と立っていた。つれの女は最後まで姿を見せなかった。

車は梅屋の下の道をゆっくりと降りた。温泉街は外灯だけがあって寝静まっている。どの家からも人の息がきこえそうだった。そこをすぎると、あとは暗い夜道と山だけで、ヘッドライトの先がまるで葬礼の前に立つ提灯《ちょうちん》の灯のようだった。

座席では車が揺れるたびに棺がガタゴトと音を立てた。それをきいていると、まるで棺の中で人間が寝返りを打っているようであった。

運転手は一言も発しなかった。

それは長い道中だった。死人との道づれである。寝静まった仙台の街を抜けた。国道四号線を東京に向けて走ったが、夜のことだし、生きている人間よりも死人の世界だともいえた。座席では絶えず棺がガタゴトと音を立てた。時折りトラックや乗用車に出遇う以外、歩いている人間は居ない。

山田は、課長補佐がなぜ朝早く宿を出て川に落ちたか、それが事故なのか自殺なのか、それ以外の原因なのか、いっさい考えないことにした。西弁護士の一方的な説明に一つも反問しなかったのは、倉橋の死に政治的な匂いを嗅いだからである。ことが「政治」となれば、山田事務官は一切その地帯には立ち入らないことにしていた。それは永い間上司の命令をただ忠実に職務的に実行してきた事務官の習性であった。

彼がまだ若い事務官だったころ、上司に言いつけられたことに納得ができないで質問したことがあった。そのとき上司は、いまでも彼はその人の顔をおぼえているが、よけいなことをきかなくてもいいと、ひどく叱責した。

よけいなことをきかなくてもいいという上司の意志が官僚の世界では一つの秩序

になっていることが、やがてわかった。それが「政治」だということも知った。そして、どのような不審を持とうと、どのような疑問があろうと、ただ命じられた事務的な範囲内だけの確認にとどめて、それ以外はいっさい反問しないことにした。よけいなことをきくなというのは、こちら側としては、よけいなことをきいてはならぬということなのである。そして、それが下級官吏の保身の術《すべ》だという哲学を彼はやがて得た。

倉橋課長補佐のことも、西がすべてを東京の上司と連絡して運んでいるらしい。西は一弁護士ではなかった。次官も局長も友だち扱いにしている。山田からみれば雲の上の人たちが西の友だちなのだ。西はその雲の上の支配者ともいえる。

噂では、西の発言が人事にまで及ぶと言っている。嘘か本当かはわからない。しかし、少なくとも西の様子からみると、そうした噂の出るのはうなずけた。

山田はいわれた通り課長補佐の遺体を東京に護送するだけでいいのである。よけいなことを考えてはならない。疑問を持ってはいけない。彼はいま、死体護送人の役目を間違いなくつとめればよかった。

山田はどこまでも傍観者であった。倉橋課長補佐が目下食糧管理局をゆるがしている砂糖汚職の渦中の人物だとしても、その死が事件とどのような因果関係を持っているのか知ろうとしてはならない。何が起ろうと、彼は見ているだけであった。しかし、傍観者は同時に観察者であり、皮肉な批評家であった。ただし、この批評家は自分だけの内心にその批評をとどめて、めったに他人に発表することはなかった。

山田は夜の単調な車の動揺に身をゆだねながら、ときどき口辺に皮肉な微笑を浮べた。それからしばらく睡った。

眼がさめたとき東の空が白みかけていた。そのせいか、往還には急にトラックや車の数がふえていた。

「少し腹がへったな」と、山田は眼をこすって運転手にいった。「君、どこか店があいていたら、あたたかいそばでも食べるか?」

倉橋課長補佐の遺体が着いたという報らせがあったのが午後一時ごろだった。岡村局長は部下からその報告を受けると、すぐに次官室に行った。

次官は、ちょうど陳情の代議士三人を廊下に送り出したところだった。

「いま、遺体を安置した公舎にはだれが行ってますか？」

と、次官は席に戻って局長にきいた。

「とりあえず部長と課長と、ほかに課の者を二、三人やらせています」

「遺族の連絡はどうしました？」

「それももう公舎にきてると思います。今朝、水戸まで車がきたとき、そこから山田君が電話をかけてきましたから、すぐに倉橋君の奥さんに報らせるようにしました」

次官は黙っていたが、

「ぼくもちょっと顔を出さなければいけないだろうか？」

と言った。

「次官が行かれるのは少し大仰《おおぎょう》になるでしょう。告別式のときにいらしていただければ結構です。とりあえずぼくだけがいまから行きますから」

「そう。じゃ、そう願いますかな」

次官は、どういうわけか窓のほうを見た。その表情は、やれやれ、これで難儀な問題の始末がついたという安心にもみえ、また倉橋の死に不安を持っているようでもあった。倉橋はその温泉にひとりで行って死んだのではなく、前夜まで西弁護士がいっしょだった。そのことが次官に落ちつきを失わせている。

課長補佐の死はあまりにも時宜を得ていた。問題は、倉橋が自発的に死を選んだか、それとも西からの強い暗示で自殺に追いこまれたか。西弁護士は黒い影であった。

「次官」

と、岡村局長は椅子から身体を浮かして呼んだ。次官はびっくりしたように顔をこちらに戻した。

「西君から今朝早くぼくの家に電話がありました」

「……」

「遺体は崖から落ちたとき相当疵《きず》を受けている。そこは繃帯を巻いてあるので、遺族の方が見えても、あまりそのへんはよく見せないほうがいいだろうというんです」

「………」

「そのほうは、本省のだれかが棺の横に居て、ちょっと顔を見せたらすぐにふたをしてくれ、という注文でした」

次官は岡村から目をそらした。

二人とも西の指示の意味を漠然と知っている。知っているから、その指示の意味には互いにふれなかった。

「では、お願いします」

次官がよそからかかってきた卓上電話をとり上げたのをしおに、岡村は広い部屋を出て行った。

彼は局長室に戻ると、秘書を呼んだ。

「君、黒い腕章を出してくれ。それから、すぐ車を呼ぶように……」

岡村局長は車で総務部次長の官舎に行った。本省から車で二十分とはかからない所にあった。

岡村が玄関に立つと、彼を見つけた職員があわててスリッパを揃えた。そのスリッパも今日のために買った真新しいものである。

空家はときどき管理人がきて掃除をするが、それでもがらんとして侘《わび》しいものだ。遺体は二階の日本間八畳に安置されていた。岡村は、床の間近くの正面に柩《ひつぎ》が安置されているのを見る。その前には、簡単な生花や、くだもの、菓子といったものが供えられている。一応、侘しいながらお通夜みたいなかたちは整っていた。

居合せているのはほとんど農林省の役人で、岡村の部下ばかりだった。局長が入ってきたので、みんな居ずまいを正した。岡村は棺の前に進み、焼香した。手を合せて、そこから下がろうとすると、山田事務官がいざり寄ってきて耳打ちした。

「局長。倉橋さんの奥さんがきておられますが……」

いつもながら低い声の丁寧な調子だ。

「どこに？」

岡村はあたりを見まわした。女の姿はない。

「別室で……泣いておられます」

「……」

「こちらに呼んでまいりましょうか？」

「いや、ぼくからそっちに行く」

岡村は少し大きな声でいった。

山田事務官の猫のように細い柔らかい声をきくと、ときとして反撥を感じる。この男は、いつも横のほうに下がって冷たい傍観者のポーズをとっている。言葉も丁寧だし、言う通りのことは間違いなくする男だが、岡村はいつも、この男が腹の中で嗤《わら》っているように思えてならない。地方出張にはよくつれて行くが、いつも、そんな反撥を感じさせる部下だった。

「では、どうぞ」

と、山田が洋服の膝を静かに起して、前かがみで先に立った。岡村は部下の黙礼に送られて山田のあとにつづく。

階下に六畳ぐらいの茶の間がある。その調度も何もない畳の上で喪服の女が突っ伏していた。

山田は、そこまで岡村をつれて行くと、すっと居なくなった。

岡村はしばらくそこに佇《たたず》んだ。女は嗚咽《おえつ》をやめ、あとは肩で泣いていた。そこにだれかがきたことを意識して泣き声をハンカチで押えたのである。

岡村は距離をおいて、そこに膝をついた。

「奥さん」

と、彼は伏している女に静かに呼びかけた。

「このたびはどうもとんだことで、何ともご愁傷さまです」

倉橋の妻は顔をあげ、眼を押えていたハンカチをやっと放した。よく肥えたその顔は真赤で、涙で光っていた。彼女は黙って局長に頭を下げた。

「倉橋君は役所のためによく働いてくれました。わたしも立派な部下を失ったのを残念に思います」

「………」

「つきましては、今後、いろいろな問題が奥さんのほうにもあると思います。そういうことはできるだけ役所のほうに相談して下さい。だれか適当な者を伺わせますから、その者に申しつけて下さい。これはわたしの意向ですから、少しもご斟酌《しんしゃく》にはおよびません」

倉橋の妻は、はい、というように頭を下げた。そしてまたハンカチを顔に当てた。背中がひとしきり波打った。

「お子さんの教育のこともあるでしょうし、今後のご生活の問題も考えねばなりません」

「……」

「そういうことも一切、できるだけの努力はさせていただきます……それから、倉橋君は、あの温泉にいわば私用で行ったのですが、これは公務出張中ということにします。それはわたしの裁量でできることですから、お含みおき下さい」

倉橋の妻はまた頭を下げた。

「そのほかいろいろなことは、いずれだれかを差向けます。では、どうぞお身体だけは大切にして下さい」

岡村は彼女の横から静かに起ちあがった。倉橋の妻はハンカチを一度はずして、真赤な眼で局長を見送った。その顔には感謝が籠っていた。

岡村が廊下へ出ると、向うからくる山田事務官に出遇った。山田は、倉橋の妻、いまは未亡人になったばかりの彼女に何か用があってきたようである。

岡村は目顔で山田を誘い、ずっと離れた別室に入った。

「山田君」と、岡村は立ったままいった。「西さんの様子はどうだった？」

「はあ、わたくしが行ったときには、倉橋さんの遺体はもう棺の中に丁寧に納められてありました。万事、西先生が取計らって下さったようです」

「宿の者の様子は？」

「別段のことはございません」

「土地の巡査とか、そういったものはどうだった？」

「わたくしが行ったときは、そういう人は居ませんでした。西先生が、その前にちゃんと話をつけられたのではないかと思います」

「そうか」

岡村はうなずいたが、

「山田君。倉橋君の奥さんがここに見えたとき、遺体をお目にかけたかね？」

「はあ、わたくしがお見せいたしました」

「奥さんはよく見たかね？」

「いいえ、遺体があんなふうなので、ちょっと蓋をずらしただけで、すぐにもとどおりにいたしました。奥さんも泣いておられたので、あんまりはっきり死顔はごらんにならなかったと思います」

局長は、微かにうなずいた。多分、それは山田が西弁護士にいいつけられて、未亡人にはあまり見せないようにしたのだろうと思った。西なら、そういうところまで気をつけそうである。

「山田君。倉橋君が死んだときの模様を西さんからきいたかね？」

「はあ、ききました」と、山田は話した。「何でも、夜明け前に倉橋さんは部屋を出て、散歩に川のほうへ行ったらしいのです」

「君。西さんは一人で泊まっていたのかね？」

「はあ、それが……」

と、山田は下を向いた。それで岡村は、よしよし、というようにうなずいた。西は女といっしょだったのだ。岡村は山田の話を促した。

「西先生が宿の者といっしょに駆けつけたところ、倉橋さんは断崖の下の岩の上にうつ伏せになっていました。それで、西先生はすぐに宿の者にいいつけ、倉橋さんを抱えて宿まで運んだそうです」

「ちょっと待って……そのとき倉橋君はまだ息があったのかね？」

「さあ、どうでしょうか。西先生が運ばれたくらいですから、多分、まだ生きておられたのではないでしょうか」

　山田もその点は疑問に思っているが、もとより自分の考えは口に出さなかった。

　岡村も頭をかしげている。果してそのとき倉橋は生きていたのだろうか。あるいは、すでに死んでいたのを西が手当てするという理由で宿に運ばせたのではなかろうか。そうなると、現場で死んでいた状態が警察官の眼に分らなくなってしまう。

西は、そうした工作をしたのではなかろうか。もとより、この疑念は山田事務官に
ただすべきことではなかった。

「宿に入って、すぐに医者を呼んだのだね？」

と局長はきいた。

「そうだそうです。何しろ出血がひどいので、医者が駆けつけてきたときは、もちろん、もう駄目だといって、すぐに死後の処置をするように言っています」

「君。その医者の書いたものを持ってきたかね？」

「はあ、ここにございます」

と、山田はふところから封筒を出した。それは密封されてあるので中身は山田には分らない。

局長は封を切った。死亡診断書である。原因は打撲傷による出血多量とある。

岡村はその文字を見ながら思った。

医者が駆けつけたときすでに倉橋の生命はなかったのなら、当然、医者は死体検案書を書かなければならない。それがこれでは死亡診断書になっている。死亡診断書は、患者が生命のあるときから医者が診断したことになる。

西の工作だ、と岡村は思った。西が強引に医者に死亡診断書を書かせたのだろう。西ならそれくらいはできる男である。

翌日、岡村局長が役所に出ると、西秀太郎から電話がかかってきた。

「今朝、向うから東京に帰りましてね」

と、西弁護士は快活に話した。

「ああ、そうですか。今回はいろいろと……」

岡村は電話で礼をいった。その礼の内容も実は複雑なものを持っている。

「倉橋君の葬式は、たしか今日でしたね？」

「そうなんです。午後三時から自宅で告別式を行なうことになっています」

「ぼくもちょっとお線香を上げに伺いますが、局長、今夜少し話したいことがあるんです。時間はありますか？」

西は言った。言葉は普通だが、岡村には、それが半分命令的に感じられた。

「ええ、いいです。どこにしましょう？　あ、そうだ。ぼくのほうで席を作りましょう」

役所の連中がよく利用する料理屋はあるが、そこで会うのは岡村も具合が悪かった。西と会うのは、なるべくならひとに知られたくない。そこで、自分が個人的に知っている神田の小料理屋に決めた。西に話すと、そこでいいという。

倉橋課長補佐の葬式は三時からその自宅で行なわれたが、岡村局長は自分の局の者だからという理由だけで顔を出した。ほとんどが農林省関係だが、問題になっている製糖会社からは社員が一人もきていない。誤解をさけるためだろうが、参列者には人情の酷薄を見せられたような思いがした。しかし、これが営利会社の実体なのだ。べつにふしぎはない。実は、製糖会社には岡村からとめたのである。

局長はいったん役所に帰って仕事をしたあと、五時には車を出させて神田に向かった。

二階の奥の間には西弁護士がひとりで待っていた。

「先ほど倉橋君のところであんたの顔を見たんだが、何しろ大勢で、ちょっと挨拶もできませんでしたよ」

西は言った。事実、岡村も西がきていたかどうか分らなかった。岡村は倉橋の霊前で次官の代理として弔辞を読んだのだ。

弔辞は、倉橋が優秀な人材であったこと、人格円満で同僚から慕われていたこと、しかも、まだ春秋に富んでいるのに、はからずも不幸に出遭ったのは返す返すも哀惜にたえないことなどが文句になっていた。倉橋とは縁もゆかりもない秘書課の人間が代作したのである。

酒がきた。二人は乾杯のかたちをしたが、今日の乾杯には大きな意味があった。砂糖汚職は、これで完全に警察当局の追及を逃れると思った。岡村は安泰なのである。

西は、おめでとう、と言った。岡村は、

「ありがとう」

と答えた。二人の眼は複雑な表情を隠せなかった。

女中が料理を運んできた。二、三杯酌をさせたあと、

「ここはもういいから」

と、岡村は女中を外に出した。

「倉橋君が死んだ真相はどうなんです？」

と、岡村は盃を置いて西の顔を見た。

弁護士は、その質問を待っていたように、

「実はね、岡村君」

と、彼も盃を脇に置いた。

「宿には彼が先に着いて、僕を迎えたんだ。まず風呂などに入ってゆっくりした上、

いよいよ例の問題の懇談に入ったんだがね」

弁護士は低い声で局長に言った。

「とにかくこの際身をひいてくれと、ぼくは倉橋君にいったんだ。ずいぶん説得をしたよ。君だって長い間役所に勤めていたんだから、上司にも恩義があるだろう、役所にも義理があるだろう、そういう人たちにも役所にも迷惑をかけないことが、この際君のいちばんとるべき道ではないか、そう言ったんだよ。ところが、倉橋君は居直ってね、自分だけが犠牲になるわけにはいかないと言うんだ」

こう話して西は、じろりと岡村の顔を見た。

岡村局長はその眼を避けてうつむいた。

「その日は夜遅くまで彼を説得した。ところが、彼が言うには、これまでこうした事件では自分たち課長補佐クラスがいちばん犠牲になっている。自分はそれを不合理だと思ってると言うんだ。もっとも、ぼくが彼に言った言葉は、彼に自殺しろという暗示だったからね、その反撃だったわけだ」

「………」

「ぼくはこう言った。君の奥さんや子供さんの生活は保障する、みんなで協力して子供さんは立派に大学を卒業させる、決して心配はいらない、そういうことを説いたんだからね。考えてみれば深刻な話だよ」

「……………」

「しかし、これまで例がないではない。窓から飛び降りて死んだ者や、毒薬を飲んで自殺した者は、大なり小なり義理と人情の板挟みになって、ほとんどノイローゼに陥っていたからな。ぼくも倉橋君がかなり神経衰弱になっていると思ってたんだ。それで、ちょっとした暗示を与えれば彼は善処する、つまり、自殺すると思ったんだ」

岡村は顔をあげなかった。

「ところが、なかなかそうではない。あれで倉橋君は神経は丈夫なほうだ。ノイローゼなどというもんじゃなかったよ」

「……………」

「彼はぼくに食ってかかった。反撃した。なぜ自分だけが犠牲にならなければならないのか、自分が業者からもらったのは、上の偉い人がもらったものにくらべるとものの数ではないと言うんだ。それなのに、自分は死ぬ、大きな利益を得た者は生きのびる、これは、西先生、どういう理屈ですと、彼は反問してきたよ」

「……………」

「そこでぼくは、もう、これ以上いうと危険だな、と思った。いわゆる窮鼠《きゅうそ》猫を嚙むということもある。あんまり追い詰めて倉橋君に居直られても困る。ヤケクソになってべらべらと警視庁にぶちまけられたら、一巻の終りだからね」

「………」

「そこで、ぼくは彼に同情を見せたよ。まったく君のいう通りだ、ぼくの考えが間違っていた、だから今後は君のために尽す、なるべく警視庁の捜査のほうは押える、だから安心しろといったんだ。彼はそれで、やっと納得してね……」

捜査の側

警視庁捜査二課一係長の的場警部補は、山崎二課長の部屋に昂奮した顔で入って行った。

課長の部屋には来客があった。が、課長は的場の表情をみて客との話をすぐに切りあげた。

客が去ると、的場係長は山崎課長の机のすぐ前に寄って、

「課長。えらいことになりました」

といった。

十五日の午前十一時ごろであった。

「農林省の倉橋課長補佐に死なれました」

「なに、死んだ?」

山崎課長もびっくりして、君、そりゃ本当か、とき返した。

「北海道出張から帰る予定が昨日になっているので、役所のほうにきいてみたんで

す。すると、宮城県の作並温泉というところで倉橋が崖から落ちて死んだというのです……」

「………」

「そして、遺体は今日の午前十一時に火葬場で焼いて、午後三時から告別式があるというんです」

課長も顔色を変えていた。

砂糖汚職事件は、二課で捜査の地固めができつつあった。あとは中心人物の倉橋課長補佐の逮捕をまつだけになっている。すでに倉橋はここに呼んで、一応事情聴取をしているが、収賄の容疑濃厚で、逮捕状をとる寸前となっていた。

ところが、その日の夜から倉橋は北海道の札幌に業務視察で出張したという。倉橋を調べた的場係長は、彼を帰すとき、遠地に旅行する際は一応警視庁のほうに連絡をとってくれといっておいた。本人はそれを破って無断で出張したわけだ。しかし、普通の旅行でなく公務出張だから、まあ、仕方がない。十四日には帰るということだから、その帰りを待ちうけて逮捕という段どりに決めていた。

その矢先、突然な倉橋の死である。

課長にも、この事件の中心人物に死なれたという驚愕がその顔にひろがっていた。

実に倉橋は、今後農林省の上層部や外部の大物に捜査の手が及ぶための基点的な容疑者だった。倉橋を中心に、収賄側の上層部と贈賄側の業者との線が集中している。

「どうして死んだのだ？」

課長はすぐに一係長にきいた。その眼つきは「自殺」を直感していた。

「崖から落ちたということで……自殺とはきいていません」

的場係長は農林省の役人が電話でいったとおりを答えた。

「しかし、君、倉橋は北海道に出張していたんだろう？　それが、作並温泉に行っていたのかね？」

「北海道出張の帰りにそこに寄ったそうですが……どうも、詳しいことは分りません」

「それで、その温泉には彼ひとりで行っていたのか？」

「いや、よくきいてみると、西弁護士と二人だったそうです」

「西弁護士と？」

課長は、眼の色を変えた。

「おい、君、倉橋の火葬を中止させろ」

捜査二課の一係長は課長の命令で、すぐその場で受話器をとり上げ、火葬場につながせた。

用件をいって、受話器を握っていたが、

「駄目か」

といって彼から切った。課長も結果を察知して悲痛な顔でいる。

「いま、遺族がお骨を拾っているそうです」

と、係長は火葬場の電話を報告した。

「間に合わなかったのか」

二人ともがっかりした様子である。

「ぼくのほうで倉橋の帰京をのんびりと待っていたのがいけなかったのです」

と、一係長は責任を感じたように頭を下げた。

「しかし……まさか、こんなことになろうとは思わなかった」

課長も実際一係長を慰めるだけでなく、自分でもあまりの結果に茫然としていた。

「課長、これで今度の捜査は行詰まりました」

「うむ」

両方で眼を見合わしたのは、中心人物の倉橋に死なれて捜査の潰滅を知ったからである。まるで、苦労して営々と組み立てた建築物の骨組が地ひびきを立てて崩壊するのを見るような思いだった。

「西がいっしょに付いていたのがおかしい」

と、課長はいった。この名うての農林省出入りの弁護士は、とうから捜査二課のブラックリストにあがっていた。

「とにかく、だれかをその作並温泉にやってくれ。事故死の原因を徹底的に調べさせるんだ」

課長は昂奮をみせていった。

「はい」

係長はうなずいたものの、すでに当人は灰になっている。たとえ事故死が他殺であろうと、大事な証拠は火葬場の灰になってしまったのだ。係長に元気がないのは、それを考えているからだった。

「とにかく、調べてみるんだ」

と、課長は激励するように係長にいった。

「分りました。二人ほどすぐに出張させます」

「うむ」

課長は椅子から起ち、机のあたりを二、三度往復した。

「たとえ当人が骨になっても」

と、彼は自分にいい聞かせるようにいった。「真相を突き止めれば、有力な容疑が出てこないとも限らない。その点、よく捜査員にいい含めて、十分に捜査資料を持ち帰るようにいってくれ」

「そうします」

係長は頭を下げたが、そのままで、

「課長、わたくしの不注意からこのような事態を起しまして、どうも申しわけありません」

とわびた。声が潤《うる》んだのは、口惜しさのあまりの嗚咽かもしれなかった。

「いや、君だけの責任ではない……ぼくもまさか公務で出張した男が、その帰りに死のうとは思わなかったからな」

課長も無念そうだった。

作並温泉に派遣されたのは、警視庁捜査二課の杉浦と長谷川という二人の捜査員だった。

彼らはその晩の夜行に乗ったから、翌朝五時すぎには仙台に着いた。仙山線に乗りかえて作並の駅前からタクシーを拾い、作並温泉に向かったが、温泉旅館のある近くまでくると、あたりは乳色の霧が立ちこめて真白である。

「ひどい霧だな」

と、長谷川が窓の外を見ていった。

「うむ、まるで墨絵のようだね」

夜が明けて間がなかったし、車はヘッドライトをつけなければ危険なほどだった。

「旦那、旅館はどこですか？」

運転手が訊いた。長谷川が手帳を見て、

「梅屋というんだがね」

といった。

「梅屋ですか。梅屋なら坂を上がった突当りですね？」

「いや、ぼくらは初めてきたんだよ」

杉浦が思いついたように、

「運転手さん、最近、このへんで人が川に落ちたということだが、あんた、きいてるかね？」

とたずねた。

「はあ、そんな噂をききました。そういえば、そのお客さんは梅屋の泊まり客だったそうですね」

運転手は答えたが、その口ぶりからすると、あまり詳しくは知ってないようだった。

「その川というのはどのへんだね？」

「この道路からは見えませんが、旅館のすぐ下です」

「なんでも崖みたいな所からだそうだが……」

「ああ、そんな所がありますね。それは少し下手《しもて》に行ったほうですよ」

「それについてだが、どうだね、運転手さん、何か話はきかなかったかい？」

「いいえ、人が崖から落ちて死んだということだけで、あまりよくは知りません」

こちらを刑事と知って答えているのではなく、実際にその程度しか分らないようだった。

坂をのぼって梅屋の前に着くと、運転手はクラクションを短く鳴らした。刑事二人は車から降りたが、川があるという方角に向かうと、そのへん一帯は濃い霧に閉ざされて、近景の木立だけが黒く浮んでいた。朝の陽が霧の端に光の縁をつくっている。

「倉橋は朝早く散歩に出て川に落ちたというから、ちょうど、こういう霧の中だったんだな」

と、長谷川が同僚にいった。

「だが、いくら霧が深いといっても、二、三メートルくらい先は視界がきくはずだから、そのために路を間違えて崖から足を踏みはずしたとは、ちょっと考えられないけどな」

答えた杉浦は、現在の状況が事故死当時そのままだと考えたのか、ちょうどいい機会だとばかり、自分ひとりで向うへ歩いて行った。長谷川から見て、その杉浦の姿もすぐに霧の中に消えてしまった。

「どなたでしょうか？」

旅館の玄関の戸があいて、早起きの女中が顔を出し、長谷川をのぞいた。

長谷川と杉浦の両刑事は、死んだ倉橋課長補佐の部屋の係女中を呼んで事情をきいた。係女中はお房さんと言った。

「とても、お客さまが自殺されたとは思われません」

と、お房さんは刑事たちの問いに答えた。

「前の晩は、西先生と、先生のおつれさまといっしょに、とても愉快そうに食事をなさっていました。自殺を覚悟なさった人が、あんなに明るい様子でいられるはずはありません」

「しかしね、自殺者はその前にひどくはしゃぐこともあるそうだからね」

杉浦が、女中の言葉を引き出すようにいった。

「いいえ、それは大体、カンで分ります」

お房さんの経験によると、自殺者にはたしかに二つの型があって、その前に、ひどく鬱《ふさ》ぎこむ者と、逆に異常に燥《はしや》ぐ者とがあるそうである。こうした温泉旅館には、よく自殺者が出るので、それは何となく察知されるというのである。

ところが、倉橋課長補佐の場合はそうではない。あの前夜の彼の明るさは、全くうれしそうだったというのだ。いわば、何か重い荷がおりたときのような、屈託がなくなったときのような、本当に安堵したような喜色だったといった。

「安堵したような喜びか。なるほどねえ」

長谷川刑事がうなずいた。

刑事たち二人は、倉橋がこの旅館に着いてから、西弁護士とさしむかいで、長いこと密談していたということも、ここではじめて聞いたのだった。その席には、西の女も遠ざけられていて、女は仕方なしに、ロビーでテレビなど見て、時間を消していたという。

西の女の名前は分らない。宿帳にも西が「ほか一名」と書いているにすぎない。しかし、これは東京に帰れば、わけなく分ることだった。ここでは彼女の顔の特徴だけをきいておけばいい。

「それに、お客さまは、そのお食事のあと、ご自分の部屋に帰られてから、庭で体操をなさっていましたわ」

お房さんは強調した。

「ねえ、明日の朝、自殺する人が、健康のために体操などなさるでしょうか？」

「うむ……」

「わたしは、廊下を通りかかって、ふと、それを見たんです。ですから、それは西先生もごらんになっていると思いますわ。お部屋もすぐ近いのですから」

「なに、二人の部屋は近かったのか」

「はい」

「じゃ、その二つの部屋を一応見せてもらいたいな」

「承知いたしました」

刑事二人は女中の案内で、この旅館の裏口に出た。

旅館の裏は三百坪ばかりの庭になっている。泊まり客が部屋から眺められるように、築山や石が配置されているが、外に出るところには小さな門があってカンヌキがかかっているだけだった。

「倉橋さんは、ここから朝早く出られたんです。自分でカンヌキをはずして、あの川ぶちまで歩いてゆかれたらしいんです。そのころはまだ早番の女中も起きてないので、玄関からは出られなかったからでしょう」

カンヌキだから客は勝手にはずせる。

「すると、西弁護士もここから出たのかな？」

長谷川刑事が訊いた。

「西さんは、六時半頃目がさめたので、玄関脇から宿の者に断わって外に出られたんだそうです。そして、朝霧がきれいなので歩いているうちに川のところに出たとおっしゃいましたわ」

「それから偶然、倉橋さんが川に落ちているのを発見したというんだね？」

「そうなんです」

「二人の部屋はどこだね？」

それも女中は見せた。やはり裏の庭に面した部屋で、西の居た部屋と倉橋の部屋とは間に二部屋隔てているだけだった。

「西さんは女づれだったんだね？」

「はい」

「女づれの西さんがそんなに早く起きて、ひとりで倉橋さんのあとから出て行ったのもちょっとふしぎだな。その女の人はまだ部屋に寝ていたんだろう？」

「そうだと思います。西さんが、倉橋さんが川に落ちて大変だといって知らせに戻られたとき、やっと女の方も起きてこられましたから」

「前の晩に、倉橋さんと西さんの間に、朝早く二人で外に散歩に出ようというような約束はなかったのかな？」

「さあ、それは知りません。宿の者はお二人のお話のときは、全然お傍に行っていませんので」

当日の朝も、宿の者が見ていないので、あるいは西と倉橋とがいっしょに裏から出て行ったことも考えられないではない。長谷川刑事はそう思った。

「じゃ、ちょっと、その落ちた現場に行ってみるかな。だれかそこまで案内してくれますか？」

「はい。それじゃ、番頭を呼びましょう。西さんに呼ばれて倉橋さんを宿までかついできたうちの一人ですから」

刑事二人は番頭の案内で川のそばに降りた。宿から七百メートルくらい離れた所で、いったん下った道はまた上り勾配《こうばい》になる。その先が崖の上だった。

霧は晴れて、下の川が明るい朝陽に輝いていた。上からのぞくと、川の両岸はごろごろした大きい石で埋まっていた。崖からそこまでは目測で七、八メートルくらいだった。崖上からその石の河原に落ちたら、頭でも打つとひとたまりもあるまい。西は「倉橋君は霧に巻かれて足もとが見えず、ここから足を踏みはずしたのだろう」と言ったという。

刑事二人は倉橋が足を踏みはずしたと思われる現場を見たが、そのへんは霧にぬれた枯草が一面に蔽《おお》っていて、人がすべり落ちた形跡も格闘の跡も分らなかった。

二人の刑事は、崖から遠回りをして下の河原に降りた。

河原は大きな石ばかりである。ここに落ちて助かるはずはない。ほとんど即死のように思われた。むろん、血の痕はなく、前の川の水も静かに流れている。

杉浦刑事は、そのへんの地形を小型カメラに撮ったり、見取図に書いたりした。

それが終ると、二人はもとの旅館に戻った。

「先生がおいでになっています」

と、迎えに出た女中がいった。村の医者がきたのだった。

それは五十すぎの人で、片手には往診用の手提げ鞄を持っている。東京の刑事がきたというので、医者は不安な顔をしていた。

「どうもご苦労さまです」

と、長谷川刑事が女中に一部屋を頼んだ。

三人はそこに坐ったが、その間だれもこないようにした。

「先生がここに呼ばれてこられたときは、本人はすでに絶望状態だったんですね？」

「はい、そうです」

長谷川刑事から口を利いた。

医者はうなずいたが、どこか落ちつかないふうだった。

「そのときは、倉橋さんの心臓は動いていたんですか？」

「はあ」医者は眼をしょぼしょぼさせて、「心臓音がほとんど聞えないくらいでした」

「というと、はっきり言ってどうなんですか。心臓は止まっていたんですか、それとも動いていたんですか？」

「わたしが駆けつけたときは、すでに臨終同様でした」

「同様というと、はっきり死んでいたというわけではありませんね？」

「はい。ほんの微弱ですが、心臓は動いていました。そういう臨終間際には、何しろ、はっきりしないもので、ご承知のように、いったん停止した心臓がまた微弱ながら動くこともあるものですから。わたしが診たのは、そうした状態だったのです」

医者は、生存中から診断したように死亡診断書を書いている。事故による死亡後なら死体検案書でなければならない。察するところ、この医者は、西弁護士からかなり強く死亡診断書を書くように頼まれたに違いなかった。そして多額な礼をもらっていると思われた。

そういう医者の弱みが、東京の刑事二人の出張で医者をおびえさせている。二人の刑事は、この村医者が少し可哀相になって、この点の追及はその程度でやめた。

「先生が診断なさって、倉橋さんのそのときの状態では、あの現場からここに移せたかどうか、つまり、移すことによって、助かるものが助からないこともありますね。そういう点はどうだったでしょう？」

「非常に無理でした。あのまま現場に横たえておいたほうがずっと安全だったと思います。正直いって、あそこからこの旅館に運んだのは無理でした」

作並温泉に出張した刑事二人は、その晩の夜行で東京に戻った。二人は家に帰ってひと休みすると、九時には出勤して捜査二課長に会っている。刑事の報告によれば次の通りだった。

①倉橋課長補佐は死の前日（十一月十二日）北海道の出張先から作並温泉に立寄り、西弁護士と会い、かなり長い時間二人だけで密談をした。このときは西弁護士についていた愛人堀田よし子（二九）も遠ざけられていた。

②話が済んでからは倉橋の機嫌は頗《すこぶ》るよく、その晩は西や堀田といっしょに土地の芸者を呼んで賑やかに会食した。そのあと、各自は個室に引取ったが、倉橋は体操などしていたし、係の女中には、明日帰京するが、この土地のみやげものは何か、と訊いている。これは同人に自殺の意志がなかったことが思料される。

③翌早朝、まだ宿の者が起きないうちに倉橋は裏口から出て、自分で裏木戸をあけ、推定午前六時ごろに墜落現場に「散歩」に行っている。宿の証言によれば、宿泊客で、そんな早朝に川のそばまで散歩に行く者はほとんどいないということである。

④西弁護士はそのあと、どのくらい経ってか、倉橋と同じコースで現場に行っている。このとき西は崖の上から下の河原に転落した倉橋を発見し、宿の者を呼んでいるが、あるいは倉橋と西とはいっしょに現場に「散歩」に行ったという推定もできる。

⑤現場の状況からすれば、倉橋はほとんど虫の息だったと思われる。あるいは即死だったかも分らない。ところが、西弁護士はすぐに宿へ人を呼びに行き、倉橋を現場から七百メートルも離れた宿に運び入れている。もし倉橋が虫の息の状態だったら、この運搬は無理で、そのため途中で死亡したという可能性が強い。また、即死だったとすれば、当然、西にはそれが分るはずだから、まず警察に連絡すべきところを、彼は宿の者にいいつけて無理やり倉橋を運搬させている。したがって、これは、西が倉橋の墜落現場状況を故意に消すためだったとも思料される。

⑥倉橋を宿で診断した村の医師山本洋三郎の証言によれば、診断当時はほとんど心音の聴取不可能な状態で、死亡していたと思われる。このへんの証言については、山本医師の供述はいささか曖昧《あいまい》なところがあり、あるいは、西弁護士より死亡診断書の作成を依頼された際、同医師の診断時にはまだ呼吸があったように書いてほしいと強く要請されたものと推測される。

⑦遺体の処置については、その日のうちに西弁護士が農林省に電話をし、東京護送の車を依頼している。その車は翌日に着いたが、それより先に農林省事務官山田喜一郎が到着した。

⑧西弁護士は到着せる山田事務官に倉橋課長補佐の事故について、自分が当日の朝散歩に出かけたところ、崖下に墜落している倉橋課長補佐を発見し、宿の者にいいつけ、これを旅館に運び、医師を呼んで手当てを加えた、という話をしている。

捜査二課長は、捜査員の報告を資料にして刑事部長に相談に行った。今後、倉橋課長補佐の死を追及するかどうかの問題である。

刑事部長は、捜査二課長と係長二人と、その下の捜査員三名を集めて協議に入った。

「いろいろな状況を判断すると、倉橋課長補佐に自殺の意志があったとは思えない。それは前夜の挙動でも分る」

捜査二課長は、そういう意味のことから話をはじめた。

「次に事故死だが、宿の者の中立てでは、そんな早朝にああいう場所にゆく客はめったにいないということだ。しかも、倉橋課長補佐は、まだ宿の者が寝ている間に起きて裏木戸のカンヌキをはずし、現場に行っている。普通だと、宿の者が起きてから断わって出てゆくはずだ。しかも、そのあと、西弁護士が現場に到達している。彼はそこで墜落した課長補佐を発見したというのだが、だれも倉橋と西とが別々に歩いて行ったという証明をする者はいない。目撃者がいないわけだ。西が倉橋といっしょに出て行ったという推定も成り立つ。もし、この推定に立てば、前日、西は倉橋を説得したが、彼が応じないので途中で諦め、掌を返すようにして倉橋を歓待した。つまり、彼を油断させたわけだ。したがって、翌朝、西のほうから倉橋を誘い、いっしょに現場に行ったということも十分に考えられる。西は愛人といっしょに部屋にいたが、この際彼女の証言に信憑性《しんぴょうせい》がないのは当然だろう。西としては、倉橋さえ死んでしまえば目下の汚職事件の捜査が完全に挫折すると考えたに違いない。だから、最初は倉橋を自殺に決心させるつもりで説得したのだが、それが失敗してからは今度は事故死に見せかけて彼を殺したということになる」

一同は、この説明に納得した。

「そうした状況を考えれば、西がその朝、農林省の某方面に電話をかけ、すぐさま遺体引取りの車を農林省から出させたという理由も容易に理解される。遺体を早いとこ処分すれば犯罪の痕跡が分らなくなるからだ。すべては計画的に運ばれた形跡が十分だが、もし、これを追及するとなると、まず、西弁護士、その愛人の事情聴取が必要になる。次には、遺体引取りに作並温泉に出向いた農林省の事務官についても事情を聴かなければならない。われわれとしては、倉橋課長補佐の死によって、せっかく軌道に乗りかけた捜査が失敗に直面しているのだ。このまま倉橋の死を黙って見すごすわけにはいかないと思う」

捜査二課長の概略の話が終ったが、すぐには返事をする者もなかった。もちろん、追及はだれも必要だと思っている。発言がないのは差当っての方法を考えているからだろう。

「こうなると、捜査二課ではなく、一課のほうになるね」

と、刑事部長がぽつんといった。

警視庁の致命的な打撃は、倉橋の遺体が完全に灰になっていることだ。これでは、たとえ犯罪の疑いが濃厚でも確証をつかむことができない。

しかし、警視庁捜査二課では、このまま見逃すわけにはいかないという空気が強くなっていた。倉橋の帰京を待って本格的な汚職捜査に乗り出そうとしていた矢先なのである。もし、倉橋の死が他人の暴力によるものだとすると、捜査側は完全に裏を掻かれたことになる。しかも、そのため汚職捜査は挫折した。意地ずくでもという二課の気概が刑事部長を中心とするこの打合せでも漲《みなぎ》っていた。

この場合、最も疑いの強いのは倉橋課長補佐に同行していた西弁護士だ。この人には前歴がある。十年前に詐欺と恐喝とで挙げられ、送検されたことがあるが、不起訴になった。ある大きな会社から相当な金を巻き上げたという疑いだったが、検察庁はこれを不起訴処分にした。それで西はまだ弁護士の資格を喪失することなく、依然として東京弁護士会に所属している。

西弁護士を引っぱって訊問をしようという結論になったとき、刑事部長は少し深刻な表情になった。

「西には一応事情を聴かなければならないが、それで見込みはありそうかね？」

部長は捜査二課長にきいた。

「いまのところは何ともいえませんが、事情聴取ということは必要だと思います」

捜査二課長は、この砂糖汚職事件捜査の急先鋒《きゆうせんぽう》だった。ここに集まっている者も課長と同様な気持である。彼らはいま倉橋の死によって敗北感を味わっていた。だが、もし西弁護士を引っぱってきて、そこに犯罪の成立がつかめたら、改めて砂糖汚職捜査の途が開けぬとも限らない。彼らの意地のなかには、そうした一縷《いちる》の希望もあった。

「そうかな」

刑事部長は何となく頬を指で搔いた。その表情には、ある迷いと、決断と、当惑と、勇気とが入りまじっていた。傍にいる捜査二課長以下の連中にも、それはよく分った。

刑事部長は渋い顔をしたが、この集まりに出ている皆の意見では、西弁護士をこっそり呼ぶか、あるいはこちらから誰かが出向いて彼に事情を聴くという声が強くなった。

刑事部長も一同の意見に傾かざるを得なくなった。いくら部下でも、皆の考えが一致している以上、抑えるわけにはゆかなくなったのである。

「では、礼儀上、こっちから先方に行ったほうがいいだろうな」

刑事部長は断を下したが、礼儀上という言葉が出るのは、西弁護士の筋が政界につながっているからだろう。そっちのほうから文句がこない予防である。

「君が西さんのほうに行ってくれるか」

刑事部長は捜査二課長にいった。課長が直々に行けというのだ。

さすがに課長の顔には不満な色が流れたが、部長の言葉だから断わりもできず、

「はあ、そうします」

と、請け合った。

捜査二課長は自分の部屋に戻ると、すぐに西弁護士に電話をかけた。

はじめ、女の人が出たが、やがて嗄《しゃが》れた男の声に代った。

「西先生ですか？」

「そうです」

「私は警視庁の捜査二課長でございますが……」

「はい、はい」

「実は、少しお話を伺いたいことがありますので、今からそちらにお邪魔してもよろしゅうございましょうか？」

「どういう件ですか？　差支えなければ、この電話できかしていただけますか？」

「実は、農林省の倉橋課長補佐が宮城県の作並温泉で急に亡くなったのですが、そのとき先生もごいっしょにその宿にお泊まりになっていたそうで、それについてお伺いしたいのです」

「ああ、そのことですか」と、西は何でもないようにいった。「それはお安いご用です……しかし、ぼくの家にこられるのはちょっと困ります」

捜査二課長は、おやと思った。ひどく調子がいいので、すぐにでも来てくれというかと思うと、この拒絶だった。しかし、課長も西の気持が分らなくはない。というのは、西は妾《めかけ》か何か知らないが女をその宿につれて行っている。話がそのことにふれると、自宅では都合が悪いのであろう。こう考えたので課長は、

「それでは、どこかでお目にかかりましょうか？」

といい直した。

「どこに行けばいいんですか？」

西はきいた。

「左様でございますね、先生は弁護士さんでいらっしゃいますから、本庁に来ていただいても一向に人目には不自然ではないと思われます。いっそ、こちらにご足労願えればありがたいのですが」

「そうですね」

西の声は急に渋った。捜査二課長は、警視庁にくるのがやはり困るなら、ほかの場所を考えてもいいと思い、それも電話で述べた。場所としては警察クラブのようなのが新聞記者の目にも分らなくて好都合だ、といい足した。

「そうですね……」

翌日、捜査二課長は、千鳥ヶ淵の近くにある警視庁の或る施設の中で待っていた。付近は静かな街で、すぐ前には漣《さざなみ》ひとつ立たない濠《ほり》に皇居の石垣が影を落している。その石垣の上には手入れの届いた松が蔽い、ときどき梢の間から小鳥の群が飛び立った。

施設は警察科学捜査研究所という名である。新聞記者が寄りつかない場所だ。建物はビルのようにきれいである。

捜査二課長が、元T大医学部法医学教室の主任教授だった研究所長と所長室で雑談をしていると、女の秘書が課長に客のきたことを告げた。西弁護士である。その部屋はすでに課長が所長に頼んでとってもらっていた。

一流会社の応接室のような部屋に入ってゆくと、西弁護士は窓辺に立って皇居の風景を眺めていた。うしろ頭が禿げている。肥っているから、うしろ頸も洋服の襟の上でくくれていた。

課長が入ってきた気配を知っていながら、弁護士は手をうしろに組んでまだ窓外を見物していた。弁護士の資格というだけでなく、政界にも高級官僚にもつながっている自信をたっぷりと身につけた態度だ。

「西先生ですか?」

と、課長はその背中に呼びかけた。

弁護士はゆっくりと向き直った。赭《あか》ら顔に鷹揚《おうよう》な微笑を浮べ、

「西です」

といって、歩いてきた。眼尻に皺《しわ》を寄せ、白い歯をこぼしている。年齢に似合わない、その丈夫そうな歯は彼の精力的な性格を思わせた。

「わざわざご足労願いまして」

課長は名刺を出した。

「いや……あいにくと今日は名刺を忘れましてね」

西はポケットの上を手で押えて、そこに名刺入れの無いことを示した。

「いいえ、お名前は十分に承っておりますので」

西弁護士は、女の職員が運んできた紅茶を、その厚い口に運んだ。

「なかなかいい場所ですね」

「はあ」

西の言葉の意味は両様にとれる。静かなこの環境をほめているようでもあるし、人目にふれない場所を選んでくれた感謝のようにもとれた。

「ところで、先生、お忙しいところをお時間をいただいたので、早速おたずねした

いのですが、農林省の食糧管理局の課長補佐倉橋豊さんが仙台郊外の作並温泉でこの前、不慮の死を遂げられました。その倉橋さんが泊まられた旅館に先生もいっしょにおられて、その事故のある前の晩まで倉橋さんとごいっしょだったということですが、その点でおたずねしたいのでございます」

捜査二課長は口火を切った。

「ええ、たしかに倉橋君とはいっしょの宿におりました。……しかし、何ですか、課長さん、警視庁のほうではどうして倉橋君の死んだことにそう神経質になっているんですか？」

と、弁護士はすぐに反問した。表情はおだやかだが、すでに彼の逆襲がはじまっていることを課長は知った。

捜査二課長は煙草の灰をゆっくりと皿に落した。

「倉橋さんはわれわれのほうで少し重要な参考人にしていました。で、倉橋さんが北海道から帰京するのを待っていたのです。そのことは倉橋さんもうすうす知っていたと思うんですが、その矢先の死ですから、もしかすると自殺ではないかと考えているのです。いままでにもそういう例が無いではなかったですからね」

捜査二課長は、相手が三百代言的な弁護士と承知しているので言葉も気をつけた。

「なるほどね。それで課長さんは、いっしょに居たぼくなら倉橋君が自殺かどうか分るというわけですね？」

西弁護士は眼を細めて皮肉な調子できいた。

「まあ、そういうことです」

「しかし、課長さん、倉橋君が自殺であろうと、あるいは過失による事故死であろうと、もう問題はないと思いますがね。自殺か事故死かは、もうすでに医者によって結論が出ていることだから、いまさらあなたの課がそれをお調べになっても仕方がないでしょう。汚職事件とは全然関係のないことと思いますがね」

西は、よけいなことを調べるな、とでもいいたげな口調だった。

「それは一応汚職捜査そのものとは関係がありません。しかし……」

「しかし、倉橋君の死は自殺でもなく、過失による事故死でもなく、他の理由で死んだということも考えられるというわけですか？」

西は煙草の煙をつづけて吐いた。

「そういうことはいまのところ考えていません」

「そうですか。だが、ぼくが倉橋課長補佐と同じ宿に泊まり、部屋も極めて近かった。そういうところからぼくが、課長補佐の事故死に何か関連があるように考えられているのではないですか?」

西は一方の眼をもっと小さくすぼめた。

「いや、そういうことは全く考えていません」

捜査二課長は、あなたが自分でそういい出すからには、そういう点があるのか、とき返したかったが、それは抑えた。

「ただ、わたしのほうとしては、西先生が前夜まで倉橋さんといっしょにおられたので、そのへんの事情を伺えたらと思ったのです」

「ぼくは何も知らないよ。倉橋君があの朝何時ごろに自分の部屋を出てあの場所に行ったのか、グウグウ寝込んでいたから全然分らなかったよ」

弁護士の言葉は急にぞんざいになった。そのぞんざいになった口調の裏には弁護士という肩書がある。政界や官庁の上層部に知己をもつ意識がある。

「先生はあの朝現場にゆかれて倉橋課長補佐の死体を発見されたわけですが、先生は何時ごろに宿をお出かけになったんですか?」

「死体?」

西は眼をむいた。

「君、言葉に気をつけてくれ。ぼくは死体なんぞ見てないよ。倉橋君はまだ生きていた。岩の上に降りてみたら彼はウンウン唸っていたよ。そんなカマをぼくにかけようと思っても駄目だよ」

西弁護士は二課長に肩をそびやかした。

西弁護士が帰ったあと、捜査二課長は本庁に帰り、渋い茶を呑んだ。

彼は西弁護士にむかっ腹を立てていた。聞きしにまさる老獪《ろうかい》な男だ。答えにも傲慢な態度がむき出しになっている。政界や官庁方面に顔が広いという意識からか、警視庁の一課長など問題でもないといった顔つきだ。のみならず、おれの声一つでおまえの地位はどうにでもなるといった威嚇《いかく》も言外にほのめかしていた。

殊に、倉橋課長補佐の死体を最初に見たときの状態はどうだったかときいたとき、西は火がついたように怒り出した。妙なカマをかけるのはよせ、と居丈高になったのだ。考えてみれば、まさに課長の言葉の不用意だった。彼は謝った。

しかし、あんなに怒るのは、やはり西に弱点があるからである。弱点にふれられたから、彼は火がついたように怒鳴りはじめたのだ。その怒りにも自分の弱点を隠そうとする意図がうかがえた。言葉つきも身振りも大げさだ、と彼は思った。

相手は弁護士であった。課長もうかつには扱えない。どんな言葉尻をとられて逆ねじを食うか分らないのである。その点、警察官は弁護士という職業にある種のコンプレックスを持っている。それが面倒な相手だということになる。

要するに、西との会見は核心をつかむに至らなかった。これが普通の人間だったら、課長も訊問のテクニックを縦横に使い、おどかしたり、おだてたりするのだが、西では一向に通じない。

課長は重い気持を抱いて刑事部長の部屋に入った。

「西弁護士は、倉橋課長補佐を北海道から呼ぶ約束はいつできたといったかね？」

刑事部長は、ひと通り報告を聞いてから質問した。

「はあ、なんでも、倉橋が北海道出張に発つ直前に、東京でその約束をしたそうです。東北の温泉でゆっくりつかろうという話だったそうです」

課長は、西の答弁をそのまま伝えた。

「西と倉橋は、前からそれほどじっこんだったのかね？」

「その点もききましたが、非常に親しかったと西はいうんです。周囲の人間は首をかしげていました。二人で温泉につかるほど親密ではなかったといいます」

「それにしても、倉橋は北海道出張を切りあげて東北に行っている。公務の予定を端折《はしょ》ったのだから、よっぽど重大な相談があったに違いない。その点、西はどういっていた？」

「それも突っこんでみました。だが、西は平然と、役人の出張というのは気詰まりだからときにはそんな息抜きをすることがある、これはどの役人もやっていることで、みんな大目にみられていると、うそぶくんです」

「それで、話の内容は？」

「酒を呑み合っただけだから、別に話はない。温泉につかったり、酒を呑んだりして、とり止めのないことをしゃべっただけだ、というんです……とにかく、のらりくらりといいかげんなことしかいいません」

「西のことは諦めたほうがいいな」

と、刑事部長がぽつんといい、むっつりと黙りこんだ。

しかし、課長はまだ諦められなかった。刑事部長の「政治的立場」は分るとしても、自分のほうでは砂糖汚職を追及して、まさに倉橋課長補佐の帰京を待って一挙に中央部へのメスを入れるところであった。その肝心の人物に死なれたのだから、そう簡単には諦められない。

倉橋の急死によって有力な証拠を握る糸口が失われたとはいえ、そのために事件の捜査そのものを放棄する気にはなれなかった。未練といえばそれまでだが、捜査二課にも意地や執念がある。

課長は刑事部長の部屋を出ると二課に戻り、二課の会議を開いた。その結果、目下留置中の業者や大西係長だけでは検事も起訴に踏み切れないだろうということになった。証拠薄弱で公判維持ができないというのが検事の内々に洩らした意向だった。

捜査二課は溺れかけていた。その溺れる者のつかんだワラが、倉橋課長補佐の遺体をわざわざ農林省さし回しの車で作並温泉から引きとった山田事務官であった。山田が作並温泉に行ったときは、まだ西弁護士は旅館にいた。山田はそのときの西の様子や遺体も見ている。また倉橋の死の直後であるから、いまは隠されている事実もそのときの山田には分っていたかもしれない。二課では山田の答えから何か手がかりを求め、それを改めて西弁護士を責める道具にしようと考えついたのである。これが二課の会議の結論であった。

ただ、事前に山田事務官に連絡すると、彼の口から上司に伺いを立てられるおそれがある。上司に知れたら、また山田に対してどのような指示があるかもしれない。この場合、捜査二課が考えた上司とは局長の岡村福夫であった。

——ある日の夕方、山田事務官が役所をひけてとぼとぼとバスの停留所に歩いていると、急に横から、三十前後で、きちんとした身なりの、会社の勤人みたいな男が二人、丁寧に頭を下げて寄ってきた。

「失礼ですが、農林省の山田さんでいらっしゃいますね？」

「はあ、そうですが……」

「実は、わたくしどもはこういう者ですが」

と、彼らは黒い手帳を出して丁寧にお辞儀をした。山田がびっくりした顔でいると、

「いまお帰りでございますか？」

と、向うはにこにこして言った。その黒い手帳を見せられなかったら、いつも役所の廊下をうろうろしている業者が食事に誘いにきたと思うようないんぎんな態度だった。

観察

その日の山田事務官は、役所に定刻十五分前に出た。彼はほとんど遅刻したことがなかった。在職二十五年になるが、必ず定刻より十分か十五分は前に登庁する、勤勉な公務員であった。しかし、ときとしては、この勤勉さが同僚の嘲笑の的となった。勤勉は愚鈍に通じるのだ。能力が無いから、せめて出勤時だけでも几帳面になっているのだと、ほかの者は陰口をきく。

そんな陰口も山田にはとっくに分っていた。だが、それも初めのうちで、二十何年もつづけると、だれも何ともいわなくなり、かえって彼が定時ぎりぎりにくれば、何かあったのかと怪しまれるくらいである。

山田が十五分前に役所に出るのは、なにも仕事に励みがあったり愉しみを感じたりしているからではなかった。彼がこの農林省に入ったとき、当時の直属の局長が、新人に対し、職員は定刻より十五分くらい前には必ずくるようにと訓示した言葉を忠実に守っているだけであった。それが彼の場合、習慣になってしまった。

役所に絶望を感じたのは入省して七、八年目あたりからだった。それ以来、ついぞ自分の仕事に生甲斐を感じたことはない。有資格者が新しく入るたびに彼はその事務の手ほどきをしたが、それはもう百人を超えていた。彼らのある者は局長になり、次官になった。役所を辞めて、すでに代議士となり、政界で羽振りを利かしている者もある。はじめは、そうした連中がぐんぐん自分を追い越してゆくのを寂しいとも口惜しいとも思っていたが、いつの間にか、それが役所の機構だと観念すると、もう、何の感情も起らなくなっていた。そのかわり全くの局外者になった。彼らがいかに出世を早く遂げるかということで醜く競争しているのを傍観し、その愉しさを覚えた。

山田は、今日少しばかり愉しみを感じて自分の机の前に坐った。定刻十五分前、まだ出勤した人の姿はちらほらと見えるだけであった。

彼は昨日役所から帰りがけに刑事二人に呼びとめられて、倉橋課長補佐の死についていろいろ聞かれた。それを岡村局長に報告するつもりでいる。彼は昨日刑事に聞かれた事実をそのまま淡々としゃべるつもりでいた。

はじめは黙っていようかと思っていたが、やはり役所に関係していることだし、刑事の問いが岡村にも及んでいるので、これはやはり報告の義務があると思った。

目下、この食糧管理局では倉橋課長補佐の急死が大きな話題となっている。いや、農林省全体の関心となっている。それというのは、だれがみても彼の死が砂糖汚職捜査に大きなストップをかけたからだ。

砂糖汚職の摘発が進行している段階では、この局も省も何となく沈鬱な空気が漲っていた。話をするのにもひそひそ声で、何かを怖れているような調子があった。しかし、課長補佐の死後は捜査がそれ以上に伸びないと分ると、話題は倉橋の死に集中した。今度は同じひそひそ話でも好奇的な興味になっていた。

山田事務官は絶えず冷静な目撃者であり、命令の忠実な実行者だった。上司から命じられたことを忠実に履行しながら、絶えずそれを客観的な眼で見てゆく。そうした意味で彼は一種の哲学者であり、人生の観察者であった。そして、この観察者は上司の生態を皮肉な眼で見る科学者の態度を持っており、また、それを己の上にも適応させる自虐者でもあった。

山田事務官は課長のところに行き、岡村局長に話があるので会いたいと申し出た。どのような場合でも彼は秩序を守る男であったから、段階を踏んで課長の了解を求めたのである。

「話ってどういうことですか？」

と、課長は、この古手の事務官が局長に直接会うというので気づかわしげにきいた。

「実は、昨日警視庁の捜査二課の人がわたしの帰途を呼び止めて、倉橋課長補佐の亡くなったことについていろいろと事情を聴かれました。そのことを局長に申し上げたいのです」

山田事務官は、課長の顔色を心の中ではおかしそうに眺めながら、面《おもて》はあくまでまじめさを見せていった。

「捜査二課の人が？」

課長は一大事とばかり緊張し、

「それはどういうことを聴かれましたか？ 君はそれにどういうふうに答えたんですか？」

と、せっかちにきいた。

「それは局長さんにじかにお話ししたほうがよいと思います。捜査二課の人の質問には局長の名前がしきりと出ましたので……」

山田事務官は、柔順な部下を装いながらやんわりと理屈で抵抗する術を知っていた。彼がいま口先で吐いた言葉は、おまえなんかにいっても仕方がない、ききたければ局長の部屋にいっしょに来ておれのしゃべるのをきくがいい、という心中の言葉に翻訳できた。

「そうですか」

課長も局長に直接話すと言われればどうすることもできない。この課長は岡村に引き立てられているが、一方、絶えず岡村のエキセントリックな性格を怖れていた。何かといえば岡村にあたまから怒鳴られるのも、この課長だった。それ故、筋道からいってまず自分に話をしろとは山田にいえなかった。

「いま局長の都合をきいてみます」

課長はそそくさと席を起ち、山田をそこに待たせて、ひとりで局長室に行った。このへんのところにも課長の局長への忠勤ぶりと、事大主義が見えた。山田はひとりでニヤリとした。

やがて課長が戻ってきて、

「山田君、局長がお呼びだ」

と、改めてとり次いだ。

山田が課長といっしょに局長室に入ると、岡村は大きな机にかがみこんで決裁書類に判コを次々と捺《お》していたが、その手つきからみて山田の報告を大ぶん気にしているようだった。すぐに顔を上げてこちらを見ないのは、沈着を装っているのである。

山田は二分ばかり立ったまま待たされた。決裁書類がひと区切りつくと、はじめて岡村は蒼白い顔を上げて、

「かけたまえ」

と、山田に椅子を与えた。それから彼は課長のほうをじろりと見ると、

「君は向うへ行っていいよ」

と、簡単に斥《しりぞ》けた。

山田事務官は岡村局長の前に坐って、警視庁捜査二課の刑事に質問された次第を述べた。

刑事は特に西弁護士の存在を重視していた。山田が倉橋課長補佐の遺体を引取りに作並温泉の梅屋旅館に行ったとき、西弁護士はどんな態度をとっていたか、また、何か特別なことはいわなかったかというようなことをきいた。それから、倉橋課長補佐の遺体を見たか、見たなら課長補佐はどのような箇所に負傷していたか、また、課長補佐が地方で急死した場合、わざわざ本省から差回しの車で遺体を引取りに行く例が今までにあったか、今回が特殊な例ならば、それは上司の誰から命ぜられた

のか、そういうことを刑事はいろいろ質問したと、山田は述べた。

「うむ、うむ」

と、岡村局長は初めは神妙に聞いていたが、やがて身をかがめると、机の陰から角びんのウイスキーをとり出し、山田の目の前でグラスに注いで呷《あお》りだした。

「それで、君はどう答えた？」

局長は、役所の仕事の実行報告をきくかのようにたずねた。

「はい、わたくしは刑事に答えました」

と、山田事務官は両手を前に重ね合せ軽く背を曲げて話した。

「西先生からは特別なお話はなかった。まず旅館に到着すると、遠い所をたいへんご苦労さまでしたといわれた。そのほか特殊な指示は受けなかったと、こういうふうに刑事にいいました」

「ふうむ」

「倉橋課長補佐の遺体を見たかどうかということでは、わたくしは遺体の棺が安置されている部屋で焼香をしたが、そこには西先生はじめ旅館の人も坐っていて、非常に鄭重《ていちょう》な扱いだったということを警視庁の人に話しました……」

嘘である。あのときは、棺は空部屋のような寒々とした場所にぽつんと置かれてあるだけだった。蠟燭《ろうそく》の灯さえともっていなかった。

「そんなわけで、西先生がわたくしに、倉橋君もとんだことになった、全く気の毒だ、どうか仏の顔を見てやって下さい、といわれ、棺のふたをあけて拝ませてもらった。それで、わたしはそっとのぞいたのですが、倉橋君は全く睡ったように平和な死顔をしていた。頭には繃帯を巻いていたが、実に行届いた手当ての跡がうかがえた。そのほか、特に負傷のことで気がついた点はなかった。そういうふうにわたくしは警視庁の人に答えました」

これは作りごとだ。倉橋の顔は眼鼻だけがやっと繃帯の中から現れていた程度で、頭も顎も頸も全部厚い繃帯に巻かれていた。血痕もどす黒く繃帯の上ににじんでいた。それに、西は棺のふたをちょっとあけただけでろくにこっちが見もしないうちにふたをしてしまったのだ。

「ふうむ、なるほど」

と、局長はウイスキーをさらに注いで口に流した。

「そんなわけで、遺体の引取りについては少しも変ったことはなく、西先生の配慮はまことに至れりつくせりだったとわたくしは刑事に話しました。それから本省差回しの車の件ですが、これは先例にはないけれども、今回の場合は、岡村局長さんが部下を思うのあまりに、特にそういうご指示をなさったのです、と答えておきました……」

岡村局長は、山田事務官の報告に満足したようである。ウイスキーのグラスを置いて、

「ご苦労だった」

と、いつになく微笑して山田をねぎらった。

「いうまでもないが、このことはだれにも伏せておくように」

そう注意した上、引取っていい、といった。山田は一礼して局長室を出た。局長の秘書の女の子がドアの外まで見送った。一事務官が女秘書に見送られるのは、局長室にでもこない限り絶対にない待遇である。

山田事務官が机に戻ると、すぐ課長が呼んだ。

「局長の様子はどうだった？」

と、その場の同席をこばまれた課長は気づかわしげに山田に訊いた。

「ご機嫌はいいです」

山田は相変らず表情を見せないでいった。課長は何か問いたそうだったが、山田の顔を見て黙り、

「どうもご苦労さん」

とだけいった。そのあと、課長がいそいそと局長室に行くのが見えた。

山田が局長室に呼ばれたのは周囲の者も分っている。また、彼が問題の人物倉橋課長補佐の遺体引取りに東北の温泉に向かったことも同僚間に知れ渡っている。局長が呼んだのも、その用事だろうという察しも皆にはついていた。

それで、なかには山田に局長が呼びつけた用事をそれとなくたずねる者もいた。

「いや、そんなことじゃなかったよ」

と、山田は煙草を鋏《はさみ》で二つに切って、それをパイプに詰めながらいった。

「局長は、庭に侘助《わびすけ》を植えたいから、どこかいい植木屋を世話してくれといっただけだ」

山田は、半分残った煙草を丁寧に函の中にしまっていた。

（あの若造めが）

と、山田は心の中で岡村局長のことを思った。

（今度のことでは大ぶんあわてたらしい。倉橋が死んでほっとしただろうが、そのあと、警視庁が死因に疑いを持って動きはじめたので、内心びくびくものだったに違いない。だが、どうやら警視庁の動きも尻すぼみになったようだ。西が疑われたようだが、あの狡《ずる》い弁護士は決して尻尾をつかまさないだろう。若造め、これでやっと安堵の見通しがついて、さぞかし胸をなでおろしたことだろう）倉橋課長補佐の死には不思議なことがいっぱいある。その一つでも外部に洩らしたら大変なことになるだろう。

局長室から帰った課長が山田を呼んだ。自分の席ではなく、わざわざ人目のつかない応接室に呼び入れたものだ。

「山田君」

と、課長は柔和な調子で彼に相談しかけた。

「倉橋君の遺族のことだがね。主人に急に死なれて困っているだろうから、われわれで何とかしてあげたい。さしずめ、奥さんに収入の道を講じてあげたいんだがねえ……」

山田事務官は、その日の午後三時ごろ、役所の車で目黒の公務員住宅に向かった。これも局長からの好意といって課長から五千円の金を渡され、それで果物籠を途中で調《ととの》えた。

公務員住宅は、各省の役人が同じ団地の中に同居している。山田事務官は、農林省の車をわざとかなり遠方でとめて降りた。このような住宅地では、省の車が横づけにされただけで近所の主婦たちの眼をそばだたせる。山田にも身におぼえのあることだから、それくらいの配慮はあった。

たとえば、シーズンになると、利権につながる関係省の役人のところには、デパートの配送車がよくやってくる。そのつど、他省の役人の主婦たちは、羨望と反感と嫉妬と絶望とを味わう。この世界では、ちょっとしたことが忽ちのうちに話題になるのである。山田が本省の車をじかに着けさせなかったのも近所への刺激を避けたからだった。

倉橋課長補佐の玄関は、まだ喪中の札が貼られたときのように寂しげに閉まっていた。紙屑がそのへんに散らかっている。

「ごめん下さい」

山田は、ブザーを押しても返事がないので声をかけた。

それでも、中から返事があったのはかなり経ってからだった。ドアが細めにあいて顔をのぞかせたのが未亡人だった。通夜のときや葬式の際、いちばんの世話役だった山田の顔をもちろん未亡人はおぼえていた。彼女は、急に眼を生き生きとさせて戸をあけた。

座敷に通って、互いに挨拶を交わした。線香の匂いがただよっている。山田は、床の間に造られた臨時の仏壇ににじり寄って焼香をした。倉橋の写真は黒いリボンに飾られて微笑していた。葬式の生花がまだおびただしく残っている。

未亡人ひとりで、ほかには子供の影もなかった。きいてみると、子供は学校に行き、泊まりこんでいた親戚も初七日が過ぎてみんな帰ったあとだという。

山田は、ひと通り慰めの言葉を述べたのちに、さて、というように切り出したが、彼のことで、特別改まった口調でもない。口の中でぼそぼそ呟くようないい方だった。

「局長も課長も、倉橋さんのご遺族に対してはずいぶん気をつかっておられます。それで、今日わたくしが局長の命令で奥さまのお気持を伺ってくるようにということでお使いに参ったのですが、率直なところ、今後ご一家のご生計のことに対して何か奥さまのほうでご計画でもあれば、それを承ってくるように、また、いまのところ明確なご計画がなかったら、ご相談したいこともあるので、奥さまのお気持を伺ってくるようにと、こういうことでございました」

夫人は顔を伏せている。そして、ハンカチを眼に当てて、今度のことではずいぶん役所の皆さまによくしていただいたと、泣き声でくどくどと礼を述べた。

山田は知っている。――倉橋課長補佐の葬式には、まるで殉職した職員のように省からは十分な弔慰金のほか、局長その他の上司から多大の見舞金がわたされている。これもほとんど前例のないことであった。

山田事務官は倉橋課長補佐の未亡人にぼそぼそした声でいった。

「局長は、そんな次第でご遺族のことをずいぶん心配しておられます。それで、たいそう立入ったことをおたずねして申しわけございませんが、奥さんには何かあとお働きになるようなお気持がございますでしょうか？」

「はい。それは、主人が亡くなってしまえば子供の教育のこともございますし、遊んでもいられない気持でございます」

未亡人はうなだれていた。四十近い彼女は、肥ってはいるが生活の苦労にやつれていた。眼の下の皺も多く、頬にはシミが出ている。

「そうですか。それで、何かお心当りのお仕事でもございますか？」

山田は、この四十近い後家を見ながら、いまさら彼女に適当な職場があろうとは思えなかった。自分で捜すとなれば、せいぜい派出家政婦か、住みこみの女中か、少しましなところで保険の勧誘員か、そんなところだろう。それでなくてさえ、学校を出たばかりの若い女性の職域が現在次第に狭められている。

「ぼつぼつ、ほかの方にもお世話をお願いしているのですけれども、まだはっきりとは……」

彼女は膝の上に組んだ自分の指先を見つめた。

「そうですか……実は局長からの意向ですが、ある出版社にお勤めになってはどうですかということですが」

「出版社ですって？」

彼女はおどろいたように眼をあげた。しかし、その顔にはぱっと希望の輝きが出ていた。

「でも、そんな高級なところにわたくしなどが勤められるでしょうか？」

「その出版社は農林省と密接な関係があるので、こちらからといえば何とか承知してくれると思います。殊に局長が直々に声をかければ、いうことを聞かないはずはないと思います」

「そういうところに勤めさしていただければ、ほんとにこれに越したことはございませんけれど」

「そうですか。奥さんのお気持がそうと分れば、すぐに帰って局長に報告します」

「でも、出版社なんてむずかしい仕事でしょ。学校を出ていないと駄目なんじゃないでしょうか？」

「編集のほうだと、まあ、いろいろ条件もあるでしょうが、そうでないところもあると思います。おまかせいただければ、局長のことですから、決して悪いようにはお取計らいしないと思います」

「急にそんなお話をいただいて、ほんとに夢のようですわ」

まったく彼女は夢のような眼つきであった。思うに、当人も心当りを捜して、結局、保険の勧誘員か派出家政婦しかないと諦めていたのではあるまいか。

「しかし、給料はご期待にそうほどは出ないいんじゃないかと思いますよ」

「………」

「けれど、子供さんの教育費ぐらいは考慮するよう出版社に交渉できると思います。まあ、何といっても本省から話をするのですから、出版社だってそう無茶な待遇で奥さんをお迎えするとは思いません」

「よろしくお願いします。もし、そうお願いできたら、こんなに安心なことはございませんわ」

と、やつれた未亡人はもう涙ぐんでいた。

「それから、この話は絶対によそには洩らさないようにして下さい」

と、山田事務官は、倉橋課長補佐の未亡人に付け加えた。

「何かと周囲がうるさいですからね」

未亡人はそれを聞いて深くうなずいた。その一言で彼女には、亡き夫の勤めていた役所の厚意が身に沁《し》みたようだった。自分だけ特別な計らいをうけていると思って感激しているのだ。

実際、これは倉橋課長補佐の場合だけに適用された。山田事務官は、そのことをよく知っている。やはり岡村局長には倉橋の死が寝ざめが悪いに違いないのだ。彼の死によって上層部が救われたのだが、それは結果ではなくて、その目的のために倉橋の死が招かれたと山田も思っている。倉橋を死に至らしめたのは西弁護士だ。この西と上層部とは暗黙のうちに了解がついている。だから、彼らはその償いを未亡人の就職に託したのだ。

その出版社というのは、農林省と密接な関係のある全国農業共栄組合で、農村の婦女子を相手に機関雑誌を出していた。「農の友」というのがその雑誌名で、全国に農共の組織を通じて厖大《ぼうだい》な部数を流している。新聞広告もせず、その他宣伝の必要のないベストセラー雑誌だ。その代り全国農共支部に支払われるリベートは相当な額にのぼっている。

したがって、いま農林省の実力局長岡村福夫が農共の幹部に頼めば、人員に不足がなくともその出版社では倉橋未亡人を引取らねばならないのである。もし、それを拒否すれば、農林省からどんな意地悪をされるか分らないというおそれが出版社側にあった。四十近い、それほど教養のない未亡人が、とにかく出版社に早速就職口を見つけたのも、そうした事情があるからだった。

むろん、未亡人の出版社での仕事は編集部ではない。また営業のほうでもあるまい。庶務か何かに属して雑役婦まがいの仕事だろうが、それでも食べられるだけの給料は出させるように局長はさせるだろう。何のことはない。岡村局長は、その償いを農共に代行させているようなものだった。これも本省の圧力に屈する外郭団体の弱みであった。

「それから、もう一つ局長からの念押しですが、あなたがそこにお勤めになるということが分れば、あるいは、外部で何か話を聞きたいと思ってあなたに会いにくるかもしれません。その場合は、ぜひお断わり願いたいのです。どうしても断わりきれないときは、奥さんだけがおひとりで会わずに、必ずわたくしのところに連絡をしていただきたいんです。すぐにだれかを介添えに出させますから」

介添えとはいうものの、それは体《てい》のいい監視役だった。この未亡人によけいなことをしゃべられては困るからだ。周到な岡村局長は、すでにそこまで気を配っていた。

山田事務官は、本省に帰ると課長に会って、倉橋未亡人に委細を伝え、彼女もその厚意にひどく喜んでいたと報告した。

「いや、ご苦労さん」

と、課長は、まるで自分が取計らったような顔で鷹揚にうなずいた。

山田は、自分の仕事に戻った。無味乾燥な仕事である。しかし、それほど急ぐこともない。忙しくないのが取柄であった。今日できなければ明日がある。明日できなければ明後日がある。特に精を出したところでいまさら上司から眼をかけられるでもなく、停年が延長されるでもない。

この単調な仕事のなかで倉橋課長補佐の死は、ちょっとした変化を彼に与えた。東北の温泉に行ったことも、遺体を役所の車に積んで東京に運んだことも、それ自体あまり面白いことではなかったが、毎日机の前に坐って同じような仕事をしている退屈はある程度救われた。その点で、彼に新鮮な経験でなくはなかった。しかし、このほんのちょっとした刺激も、もう終りを告げた。あとはもとの砂を嚙むような仕事が彼を捉えるだけである。

役所がひけて家に戻った。彼くらいの年配になると、若い者からは敬遠される。だれも彼を帰り途に誘う者もないし、話しかけてくる者もいない。ひとり電車に揉まれて方南町の茅屋《ぼうおく》に戻った。

風呂に入り、飯を食った。面白くない顔つきである。飯を食ったあとテレビをちょっと見て、あとは碁盤を持ち出し、棋譜を見ながら石をならべた。女房が子供を叱っている。

山田は、石を定石どおりに置きながら、おれが死んだら女房はどうして暮らしてゆくだろうかと思った。退職金の額はもう分っている。むろん、月給から貯蓄をする余裕はない。女房は、退職金で小さなアパートを建て、その収入でやってゆこうといっているが、そのころには物価が跳ね上がって、アパートはおろか、自分の家のローンが払いきれるかどうかも分らない。

それからみると、倉橋はまだ幸福だと思った。少なくとも女房は彼が死んでも食うだけの保障は与えられた。今日未亡人に会っての帰りにも思ったことだが、こうなると、だれかの犠牲になるのも悪くはないなと考えた。特別に自分の女房を可愛がっているわけではないが、やはり自分の死後落ちぶれてゆくのは気になる。

山田は、局長などが倉橋の未亡人に十分な配慮を見せたことから、ますます彼の死に対する疑惑を深めた。殊に未亡人をだれかが訪ねて来ても単独では会ってはならないという念の入った注意が、それを証拠立てているようだ。上司は倉橋の死に何かを怖れている。

「あの若造めが……」

山田はひとりで悪態を呟いた。

岡村局長の蒼白い顔が碁盤の上に浮んでいた。

農林省の上層部に発展するかにみえた砂糖疑獄は、その兆候だけをみせて崩壊した。

それまで逮捕されていた農林省食糧管理局第一部食品課の大西係長は不起訴となった。もっとも、業者のほうは三人が贈賄罪で起訴が決定した。

一方が贈賄罪で起訴されるなら相手方に収賄罪が成立するのが常識だが、今度の場合、官庁側には収賄したものがなかったことになる。検察庁はときどきこんな不思議な現象をみせる。

しかし、そのことでは或る噂が立った。事件は倉橋課長補佐の死で全面的につぶれてしまった。警視庁捜査二課では勢いこんで摘発に乗り出したが、扇のカナメ的な人物の死で空中分解した。せめて面目を保つために業者側から三人の起訴者を出すよう、ようやくのことに漕ぎつけたというのである。もちろん、その容疑は最初の構想からはるかに後退したもので、贈賄金額も小さなものになっている。起訴した検察庁のほうでも公判維持を危ぶんだくらいに証拠も薄弱であった。いうなれば、この事件を捜査した捜査二課の面目と意地をようやく立てたというにすぎなかった。

新聞は、この崩壊した砂糖汚職事件をかなり大きく取上げた。しかし、それはすでにニュースではなくなっている。解説記事の中や、コラム欄または投書のかたちで関連記事を掲載した。だれが見ても不審なのは、農林省の上層部が全部安泰だったことだ。しかし、少なくとも、この不明朗な事件を起した直接の責任者岡村局長の道義的責任は問われなければならない。新聞も雑誌も、その点を強調した。

省内でもぼつぼつその噂が出た。大臣も世間の手前、岡村局長のポストを移さなければならないと考えているようであるというのだ。当然のことに、だれしも岡村局長の左遷を予想していた。

省内の人事は、奇妙に発表の前から職員の間に洩れている。たいていの場合、その人事異動の噂はほとんど的中する。

岡村局長の左遷も、そうした省内の噂でかなり確実視された。出入りの新聞記者が、その情報を見逃すはずはなかった。何しろ、岡村局長は省内随一の名物局長である。実力大臣に密着して思うように威をふるってきた。悪口をいう者はお茶坊主だといい、虎の威を借る狐だともいった。しかし、局長を評価する者は、いや、そうではない、実は彼が大臣を陰で操縦しているのだといった。

たしかに先輩局長も岡村のことは分っている。彼が午前九時と規定されてある登庁時間を無視し、午後三時ごろからのこのこと現れて、局長室でウイスキーを飲みながら部下を叱りつけても、表立ってそれを非難する者はなかった。次官も苦い顔をしているが、苦情がいえない。岡村はいずれ次官になるはずの男であった。

いよいよ岡村の異動が発表されたとき、省内は唖然《あぜん》となった。――

岡村福夫は、食糧管理局長から農地局長に替った。栄転である。農地局長といえば、次官に昇進する最右翼の局長だ。

その辞令がプリントにされて貼り出されたとき、掲示板の前には職員で人だかりができた。みんな眼をむいて、

「任農地局長」

の文字を見つめている。

かすかな溜息が、そこに集まっている職員の間にさざなみのように起った。

たしかに岡村福夫は、食糧管理局内で起った砂糖汚職事件の責任を取らされるだろう、汚職事件そのものは不拡大に終ったが、それでも世間に疑惑を投げたことで局長は道義的な責任を負わなければならない、現大臣がその処置をするだろうという噂が高かった。ただ、左遷されるとしてもどの程度で済むかが興味の中心だった。大臣は、この岡村に牛耳られて思い切った処分はできないだろうからである。大臣の岡村に対する偏愛は、まことに見るに耐えざるものがあった。局長の中で岡村ほどわがままの利く男はいない。

たしかに彼は今度の事件で食糧管理局長の座からははずされた。しかし、次に移ったポストはだれもが予期しなかった栄転である。これには一同啞然としたものだった。

辞令が出ると同時に岡村は局員全部を大会議室に集め、別れの挨拶をした。

さすがに日ごろ部下を頭ごなしにする彼も、今日ばかりは至極神妙であった。もっとも、表面上だけでも汚職事件の責任を取らされるところから、栄転につきもののニコニコ顔は消えていた。

「わたくしのようなわがまま者が大過なくすごせたのも、ひとえに皆さんのご寛容とご同情によるもので、まったくお礼の申しあげようもありません。殊に在任中芳しからぬ事件が起ったことは返す返すも遺憾《いかん》の極《きわ》みで、その監督の位置にあったわたくしとしては慚愧《ざんき》に耐えない次第であります。また、わたくしの監督の至らないために、かかる迷惑が皆さんがたの上にも若干及んだことに対して深くお詫びを申しあげる次第であります……」

岡村局長は、別離の挨拶をこのように述べた。職員はみな頭を垂れて聞いている。しかし、どの顔にもほっとした表情が浮んでいた。これで、この局長からは解放される。酔狂と区別のつかないあの蒼白い顔で怒鳴られることもないし、勝手気儘《きまま》な登庁で夜間作業のおつき合いをすることもなくなった。それで、先任部長が送辞に述べる見えすいた追従《ついしよう》にも、もう、いいかげんにしなさい、と野次りたいくらいだった。

しかし、各部長の身になってみれば、まだまだ岡村局長には追従をいわなければならなかった。なぜなら、農地局長は最も輝かしい省内の位置であり、部長連もまたいつ彼の下にポストが替るかも分らないからである。いや、替らなくとも、農地局長から眼をかけられていれば、どんな栄達が待っているかもしれないし、逆に彼に憎まれたら最後、どんなひどい目に遭うか分らないのだ。

「まあ、われわれが一番のんきですな」

と、山田事務官は自席に戻って同僚にいい、ヘラヘラと笑っていた。

岡村が農地局長になって、前の農地局長は肥料関係の会社に重役として天下《あまくだ》った。この前局長は今の大臣と反《そ》りが合わず、早くから退陣が予想されていたのだった。それでも肥料会社の役員に収まったのは、やはり農林省という全体の威力である。現次官がそれを斡旋《あっせん》したということだが、大臣にどのように気に入らない局長であっても妙なところにはめ込むわけにはいかない。それはあとあとの退職者に影響があるからだ。

岡村局長が動いて、その下の高級職員の異動が四、五人発表された。しかし、大きな異動はない。

いずれにしても山田のような事務官には遠い世界だった。だれがどう動こうと関係はないのだ。彼は退職するまで今の椅子に縛りつけられたままなのだ。その点、栄転や左遷で喜怒哀楽を味わうこともない。他人のドラマに対し平静に見物席に坐っていればいいのである。

これはなにも山田には限らない。省内の七、八割までがそうであろう。絶えず異動するのは有資格者だけだ。

退庁時間になって机を片づけ、鞄を持って山田は玄関に出た。鞄の中にはさしたる書類も入っていない。電車で通勤する際の週刊誌、役所宛てにきている寄贈の雑誌、あとは今朝駅で買ったスポーツ紙などが入っている。

うしろから彼の肩を叩く者があった。ふり返ると、眼鏡をかけたまる顔の男がにこにこ笑っていた。見おぼえのある顔だったが、名刺を出されて、庁内の廊下でよく見かける男だと思い出した。R新聞の記者で川辺という名である。

顔は見かけていても山田などには新聞記者に直接用事はないから、それまで名前も知っていない。相手も初対面みたいに名刺を出したわけである。こうした新聞記者は課長以上のところでないと用事はないのだ。

「山田さんには始終よそながらお目にかかっていますが、ついかけちがってご挨拶が遅れました」

と、新聞記者は愛想よくいった。

「やあ」

どういう用事だろうと思っていると、記者は誘った。

「ちょっとお茶でも飲みませんか」

「はあ」

といったが、山田にはその理由に心当りがなかった。この記者は農林省詰めだから、いつも農林政策などを取材している。山田の仕事は、そんな上部の行政からは遥かに遠いものだった。

「いや、お手間は取らせません。ほんのちょっと」

新聞記者持前の気安さと強引さだった。

問題

新聞記者が山田をつれこんだのは虎ノ門の中華料理店だった。それほど高級ではないが、いきなりこういう場所に案内する新聞記者の下心は大体分った。山田は警戒する一方、相手がどんなことをきくかという興味もあった。記者はひとりでこせこせとビールや料理を注文し、何か勢いこんだ様子が見える。

「お宅はどちらですか？」

とか、

「毎日電車でお通いになるのは大変ですな。日曜日などは何かゴルフでもなさるんですか？」

などと、見え透いたお世辞をいう。そんな無駄話がビール一本を飲み干すまでつづいたのち、

「ときに、いよいよ岡村局長も動かされたようだが、農地局長とは意外な栄転でしたね」

といった。山田の直属上司だから、当然、その話題が持ち出されてもおかしくはない。しかし、山田は、やっぱりきたなという感じがした。

「岡村さんは切れる人だから、将来は次官まで行くでしょうな。いずれ停年を待たずに役所を辞め、代議士になられることでしょう。あの人は政党とのコネもあるし、そのつながりで金づるも不自由はないでしょう」

などという。しかし、それはまだ序の口であった。山田がビールを五、六杯飲み、中華料理をつついているうちに、彼自身も少々いい心持ちになった。その様子を見た相手は、「そういえば、山田さん、あなたは亡くなった倉橋課長補佐の遺体を引取りに仙台くんだりまでいらしたそうですが、ご苦労さまでしたね」

といった。少しばかり酔った山田も予想どおりのところに相手がやってきたので、思わず笑いが口の端に出た。

「どうです、倉橋課長補佐の死についてはいろいろ取沙汰されてるんですが、山田さんは倉橋さんの遺体をご覧になったんでしょう？」

いつもの山田だったら、いや、遺体は見なかった、それはすでに棺に納められていたからね、自分はただ東京まで護送するだけの役目だった、というところだが、陶然となっているときでもあり、この新聞記者を少しばかり揶揄《からか》ってみたいという

いたずら心から、

「ええ、遺体は見ましたよ」

と、大きくうなずいた。

「ほう、やっぱりね」

新聞記者は、ここぞとばかり山田のコップにビールをつぎ、

「で、どうでした？」

と、眼を輝かした。

「どうだったというと？」

「つまり、なんですな、倉橋さんは崖から落ちて負傷し、それが因《もと》で亡くなったそうですが、遺体はだいぶんいたんでいましたか？」

「そうですな、ぼくが遺体を見たときは繃帯で包まれていて、わずかに顔だけがのぞいていましたからね。傷がどの程度だったか、さっぱり分りませんでした」

「ほう、顔だけのぞいていたんですか。そうすると、頭部や、頬、頸、肩と、到る所に傷があったわけですね？」

新聞記者はさすがにメモは出さなかったが、これから山田がいうことをよくおぼえておこうという顔色を示した。

川辺という新聞記者は一流紙の社会部の男である。山田はあまり無愛想な答えもできなかったが、一方では用心深い警戒を忘れなかった。

川辺の質問は、倉橋課長補佐の遺体の状況を念入りにきいたうえ、

「現地の医者の死亡診断書によると、こんなふうに書かれてありますがね」

と、手帳を見ながら山田にいった。

山田は、もう、そこまで新聞社は調べているのかと思っておどろいた。しかし、考えてみると、これはなにも意外とするには当らないだろう。自分のところに話をききにくる以上、新聞社は、その組織を通じて予備的な調査を十分になし遂げているに違いない。山田は死亡診断書に書かれた負傷箇所を初めてきいたような顔をして、

「ほう、そうですか」

と、びっくりしただけだった。

「倉橋課長補佐は同じ宿に西弁護士といっしょに泊まられたようですが、これはどういう関係ですか？」

記者はきいた。

「さあ、ぼくはよく分りませんが、倉橋さんと個人的な交際のあった人ではないで

すか。たまたま出張の帰りにそこの温泉でいっしょになったのと違いますか」

山田の返事をきいて、記者の唇には何となくうす笑いが出た。

「ぼくの知ってるところでは、西さんは農林省の上層部に相当友人があるらしいですね。新農地局長になった岡村さんもその一人です。……ぼくらは役所の廊下を歩いてよく西さんの顔を見ますが、調べてみると、西さんと倉橋さんとは日ごろからあまりつき合いはなかったようですな」

「………」

「というのは、いまもいったように、西さんは局長クラスと交際はあったが、課長補佐クラスの人にはほとんど縁故が無いようですからね。その西さんがわざわざ倉橋さんと会うため東北の温泉に行ったというのは、どうも妙じゃありませんか。山田さんは、そのへんの事情をご存じじゃありませんか?」

相手は農林省詰めの記者だから、省内の人事や事情には詳しい。まさに彼のいう通りであった。

「さあ、そのへんのことはぼくには分りませんが」

「しかし、あなたが倉橋さんの遺体を引取りに行ったとき、西さんはそこにちゃんと居たんでしょう?」

「はあ、居ました」

「そのときの西さんの様子はどうでしたか？」

「様子といっても、別に……」

「そうですか。しかし、あなたはその遺体を引取りに行かれたのですが、それは直接にはどなたから頼まれたんですか？」

命令されたかというのを、新聞記者はそんな言葉に変えていった。

「それはですな、局の総務課長です。そういうことは総務課長が一切やっていますから」

「それはおかしいですね。ぼくは総務課長に当ったんですが、自分は全然知らないといってましたよ。山田君は局長から直接に指示を受けたんじゃないかといってましたけどねえ」

「………」

山田事務官はちょっと詰まった。しかし、記者にそういわれて、はい、そうです、と是認するわけにはゆかない。

「いや、それは総務課長の記憶違いでしょう。わたしは課長からじかにきいて行ったんですからね」彼は疑わしそうな眼をしている記者にいった。「役所では命令系統に順序がありますからね、いきなり課長や部長を飛び越えて局長から直接われわれが指示を受けることはありません。絶対にありません」

「そうですか」

新聞記者はニヤニヤして、

「ま、あなたの立場なら、そうおっしゃるのが当然でしょうね。じゃ、いいです」

というと、今度は別な問題に移った。

「いま噂になっているのは、せっかく燃え上がりかけた汚職事件の火が、倉橋課長補佐の死でいっぺんに消えてしまった。だから、倉橋課長補佐の急死は関係者には一安心だったわけですな？」

「そんなことはぼくには分りません」

「そこで、倉橋課長補佐の死がいかにもふしぎである、あるいは、それは発表されているような事故死ではなく、他の力が加わった死ではないかと取沙汰されていますがね。実際に遺体をごらんになったあなたに聞けば分ると思っておたずねするんですが……」

「そういうことは絶対にありません。倉橋課長補佐の死については、ぼくも宿の者によくききましたが、本人は勝手に朝早く部屋を出て、あの川ぶちに散歩に行ったんです。ところが、あのへんは有名な霧の発生地で、濃霧のため足もとが見えず、あの高所から川に転落して不幸な死を招いたのです」

「ところがですね、現地の調査によると、倉橋課長補佐が部屋を出て外に歩いて行った直後、西弁護士も同じように外へ出て行ってるんです。これなぞは、とりようによっては西さんが倉橋さんのあとを追って行ったとも考えられますが」

新聞記者は、現地の通信員でも動員して宿から聞いたらしかった。山田は、西の口止めにもかかわらず旅館側が軽率な他言をしたことを非難する気にはなれなかった。なぜなら、彼は、自分の身に影響がない限り、なるべく問題が起ってくれることを祈っているほうであった。しかし、いまは新聞記者に直接自分が問われている。自分の口から出た言葉を手がかりに火の手があがっては極めてまずい。

「そんなことはぼくは聞きません。西さんがその朝倉橋さんのあとから出て行ったかどうか、ぼくの全然知らないところですからね」

「そうですか。では、一つ聞かして下さい。われわれは、この取材で倉橋さんの未亡人に会おうとしたんです。ぜひ奥さんの話を聞きたいと思いましてね。ところが、どうしても会ってくれないんです。無理に会おうとすれば役人の立会いが必要だと奥さんはいうんです。個人的な話を聞くのに、どうして役人の立会いが必要なんでしょうか？」

山田としては正面からその通りだとは答えられない。彼は岡村局長からその意を含められて、未亡人にたしかに取次いでいる。もちろん、そんなことは新聞記者には秘密だった。

「さあ、そんなことは聞いたことがありませんね」

山田は記者の質問にとぼけた。

「農林省では、亡くなった役人の遺族に会うたびに現職の役人の立会いが必要なんですか。そういう慣習になってるんですかね？」

と、新聞記者は意地悪く追及してくる。

「もちろん、そんなことはないでしょう。いや、あり得ないはずだ。そこまで農林省がタッチする権利はありませんからね。もし、それが噂だとすると、根も葉もない事実無根のことですよ」

「いや、噂だけではありませんよ。現にぼくが倉橋夫人に会ったとき、ちゃんと横に係長か、その下くらいのクラスの人が頑張っていたんですからね」

「えっ、あんたが？」

山田はちょっと狼狽した。まさか、この新聞記者がすでに倉橋未亡人に会ってい

ると は知らなかった。

「そうなんですよ。ぼくが倉橋さんのことを聞こうと思ってね、奥さんに面会を申しこんだんです。すると、奥さんはどうしても役所の方の了解を求めなければ話せないといわれるんです。約束の日に訪問すると、ちゃんと未亡人の両脇に、まるで監視役みたいな顔をして、役人が二人坐っているじゃありませんか。いや、おどろきましたね」

「…………」

「ぼくが倉橋さんの東北旅行のことや、向うでだれと会っていたかということや、その事故死の前後の事情などきくと、奥さんはいちいち両方の役人のほうに向いて顔色をうかがうんです。いや、はじめは目顔だけでしたが、しまいには奥さんも大胆になって、いまの質問にはどう答えたものでしょうかと相談する始末ですからね」

「…………」

「横の役人もはじめは遠慮して黙っていたが、しまいには、そうですね、それはこうおっしゃったほうがいいでしょうとか、無難でしょうとかはっきり奥さんに教えるんです。ぼくはびっくり仰天しましたよ」

「……」

「そして肝心な点にくると、奥さんは、それは知らないとか、分らないとかいうんです。やはり両脇の役人に相談しての結果ですよ」

「……」

「聞くところによると、奥さんはいま出版社に勤めておられるそうですが、そこの仕事も農林省からの斡旋だそうですね。その出版社もわりと高給で奥さんを雇ったそうですが、その出版社は農林省との関係が深いので、有形無形の圧迫を感じてそうなったんじゃないですか。どうです、山田さん？」

新聞記者の山田事務官への質問は執拗につづいた。

「どうですか、山田さん。おかしいじゃありませんか。倉橋課長補佐は、崖から足を滑らせて、石ころだらけの川に落ちて死んだのでしょう。いわば、そういっては何だけれど、自分の不注意から生じた事故死でしょう。ね、そうでしょう？」

彼はイヤに念を押した。

「そうです」

山田はうなずいた。顔と肚《はら》の中とは別ものであった。

「それなのに、どうして農林省のお役人さんが、未亡人との話に監視役につくんでしょうねえ？」

「監視役というわけじゃないでしょうが、まあ、あんたがた新聞記者に遇って話すのが未亡人には心細かったのかもしれませんね」

「心細い？　どんな質問が心細いんですか？」

「さあ。ぼくには倉橋君の奥さんの気持は分らないが、多分、新聞記者に遇うのがはじめてなので、なんとなく弱気になったのと違いますか？」

「とんでもない」

と、新聞記者は吐き出すようにいって、

「あの奥さんは、そんな心臓の弱いひとじゃありませんよ。何しろ、ぼくの質問にニヤニヤしながら、それはどんなふうに答えたものでしょうかねえって、そばの役人と平気で打合せをするんですからな。まるで、テレビの記者会見の真似をしているみたいでしたよ」

「まさか」

と、腹立たしそうにいった。

山田は笑い出した。

「いいえ、本当です。あの様子だと、未亡人は自分のうしろには、親方日の丸、農林省という後楯《うしろだて》がちゃんとついていると安心しているようですよ。そんな顔つきでした」

「そんなことは無いでしょう。それは、あんたの思いすごしだ」

「それじゃ、山田さん。その証拠をいいましょうか？」

新聞記者は山田の顔をのぞきこんだ。

「ぼくは、倉橋さんの子供の友だちに当ったんですよ。中学二年生の女の子ですがね。その子の話によると、倉橋さんの子供は、ウチのお父ちゃんが死んで、局長さんをはじめ農林省の偉い人や、政治家から、たくさんのお金をもらった、お母ちゃんと自分とお兄ちゃんとが何もしないで十年くらいは暮らしてゆけるようなお金をもらったと友だちに自慢しているそうです」

「………」

「それに、政治家や局長さんたちは、子供二人が大学にゆく学費も、自分が、つまり、その女の子がですな、お嫁にゆく費用も特別に出してあげるとお母ちゃんに約束したというんです。どうせ、これは母親から聞いたことなんでしょうがね」

「………」

「子供は正直ですよ。子供にまで役人の監視をつけることは、農林省も知恵がまわらなかった。ねえ、山田さん、自分の不注意で死んだ倉橋君の遺族に、政治家や農林省の局長連が、どうしてこんなに行届いたカンパをつづけるのでしょうかねえ？」

翌日、山田事務官は役所に出ると、昨日新聞記者にいわれたことを総務課長に話した。もっとも、全部をいったわけではない。課長では話にならないのだ。ただ、彼がそれを岡村農地局長に注進するだけの刺激を与えればいいのである。

「どうやら、新聞社はこの取材にだいぶん動いているようです」

と、山田は例のぶつぶつ呟くような声でいった。これは相手によけい衝撃を与える。大げさにいうよりも、山田のように無表情な表現のほうが効果があった。

総務課長は、今は局の違う前局長のところに早速取次ぎに行ったらしい。帰ってくると、山田を呼び、

「君、ちょっときてくれないか」

と、彼を誘って農地局の応接室に行った。

そこは狭い応接室で、あまり目に立たない場所だった。岡村も農地局に移ってからは、夕方出勤ということはなくなった。いよいよ出世街道に乗ったのを意識して

多少は心を改めたのかもしれない。しかし、応接室に運んできた顔は依然として蒼白く、しかも、酒の匂いがしていた。山田は、いまは直接の上司ではないが、やはり岡村の前では一種の威圧を感じる。陰ではどう悪口しようと、やはり彼を見ていると心が萎縮《いしゆく》するのだ。

岡村は、新聞記者が山田を捉えたことについて言葉少なに質問した。上体をぐらぐらさせ、煙草をやたらとふかし、なるべく気にかけないふうだったが、それだけに神経を尖らしていることは山田にはよく分った。

新聞記者が倉橋未亡人のところへ取材に行ったとき農林省の役人の監視があったということ、その子供が学校友だちに農林省の上層部から多額な援助金がきていることをしゃべっていたということ、その辺にくると、岡村は何かいら立たしい顔になった。この二つは山田も課長には話していなかったので、傍で聞いている課長はびっくりしていた。

岡村もいろいろききたいが、総務課長がそこに居るのはまずいと思ったか、彼には席をはずすようにいいつけた。

「それで、新聞社は相当動いているようかね？」

と、岡村は二人きりになると、山田を斜めに見ていった。

「はい、そういう感じです。何しろ、わたしのような者にも話を聞きにやって来たのですから」

「君はよけいなことはいわなかったろうね？」

「もちろん、何をきかれても知らないといって通しました」

岡村は、なお二、三の質問をした上、このことはだれにも黙っておくようにと念を押して、山田を帰らせた。

その晩、山田は家で久しぶりに晩酌を愉しんだ。今日ぐらい愉快なことはなかった。あの事件が表沙汰になるかどうか、今後の見ものである。ことと次第では、もう少し新聞社の連中に話してやってもいいとさえ思った。

「あの若造をもう少しあわてさせてやろうか」

と、心の中でつぶやいた。こういうときの彼は心が大きかった。

それから数日経った。

山田事務官は、例の川辺という新聞記者が盛んに砂糖汚職を取材していたから、そのうち何か新聞に出るかもしれないと思っていた。

ところが、R新聞を連日読んでみても、そのことは一行も記事には出ていない。砂糖汚職のサの字も無いのである。前には、その汚職事件が発展しそうなとき、あれほど大騒ぎをして書いた新聞が、いまはけろりと忘れた顔になっている。

山田は、あれから、また川辺という新聞記者が来たら、今度は少しネタを出して、かえって煽《あお》ってやろうかと思ったくらいだが、その記者もこなかった。こないだけではなく、ぱったりと農林省の庁内に見えなくなった。はて、どうしたことだろうかと思っていると、廊下ですれ違った二人の男が山田を認めて呼び止めた。

「あ、山田さん」

と、年上の男がいったが、これは彼も見おぼえのあるR新聞の記者で、その社のキャップをしている。

「今度、こちらの記者クラブに替ってきた小池君といいます。よろしく、どうぞ」

と、彼は、まだ二十五、六にしか見えない若い記者を紹介した。

「川辺君はどうしたんですか?」

と、山田がきくと、

「あれは校閲部のほうに替りましたので」

という。そして、いずれ近いうちにご挨拶にくるでしょう、と独りごとのようにいった。

山田事務官は、あの男が急に校閲部などに移ったのは、例の問題に関係があるのではないかと思った。新聞社の校閲部といえば、どちらかといえば第一線の新聞記者が退いてから入る部署だ。この急な配置転換は何を意味するだろうか。あの男は追及心の激しい、近ごろ稀にみる精力的な男だった。それが農林省詰めをやめさせられたのは、もちろん、彼の働きが足りないのではなく、かえって働きすぎた結果であろう。

山田は机に戻ってから、いろいろ想像した。あの記者は多分西のところにも取材に行ったのではあるまいか。すでに相当材料を抱えていたらしいから、西への質問もかなり急所を衝いたものになっていたと思われる。そこで、西はあわてて岡村局長に連絡したのではあるまいか。

岡村も狼狽して、その新聞社に圧力をかけ、取材を中止させると共に、あの川辺記者を農林省詰めから追放するように取計らわせたと思われる。もっとも、こんなことは、いくら岡村が省内随一の実力者でも彼単独でできる話ではない。多分、関係の深い政治家にいって、その政治家から新聞社の幹部に工作したと思われる。

一時、省内でささやかれていた砂糖疑獄の噂が完全にやんだ或る日だった。

山田事務官は、倉橋課長補佐の未亡人が役所に来て、部長室に入ってゆくのを見た。受付まで来て、彼女を部長室につれて行ったのは次官だった。部長の部屋は、山田の坐っているところから横手に見える。山田は、それが倉橋の未亡人とははじめ気がつかなかった。それぐらい彼女は若返ってみえた。洋服のせいもある。仕立てたばかりの明るいグレーのスーツは彼女の身体によく似合い、ハイヒールをはいているぶんだけ背が高く映った。眼をみはるくらいモダンだった。これが夫の死に眼を泣きはらしていた世帯やつれの女房と同じ人間とはどうしても思えなかった。

ふしぎに思ったのは山田だけではなく、ぐるりにいた同僚たちもひとしく眼を見合せたものだった。倉橋の妻は、完全に別人に生れ変っていた。

彼女は部長室に三十分くらい居た。そして出て行くときも、そのへんに居る課員たちににこやかに会釈《えしゃく》した。髪も顔もまるで違った人間になっていた。

課員たちは、彼女が部長室に来たのは、死んだ夫のことでその礼をいいに来たのだと思った。もちろん、栄転の岡村農地局長のもとへは先に行っているはずである。

「こうなると、女房のためには亭主が早く死んだほうがいいのかもしれないな」

と、みなはいい合った。

「なまじっか長生きをした亭主に先に死なれると、年取っただけに女房は使い途がなくなって、かえって悲惨だよ。あの奥さんは、三十代だから、まだまだ第二の人生があるわけだ。お互い、女房のことを思うと、長生きするよりも、かえって早く死んでやったほうが喜ばれるかもしれないな」

　倉橋未亡人は相当な金をもらっているはずだった。退職金だけではなく、特別なカンパがなされている。それは彼の死のために救われた連中の「篤志」だった。名目は子供の教育費だが、むろん、彼の死によって不面目を救われた人の礼とみてい い。未亡人のお洒落も、新しい職場も、すべてが彼らのそうした報酬だった。

　それから二、三日して、山田のところに農地局の或る課長補佐がやってきて、こっそりといった。

「山田君、君、生命保険にひとつ入らないかね。どんな金額でもいいが」

「ぼくのところはいっぱいですよ。これ以上掛金を払う余裕はありません。もっとも、倉橋君みたいに早く死ぬことが分っていれば、自分の身体にもっと保険をかけますがね」

　山田が冗談に紛らして断わるつもりでいると、

「実は、その倉橋未亡人のことでね」と、彼はいった。

「倉橋君の奥さんは、いま、保険の勧誘員をやっている。倉橋君のよしみで、とにかく、みんなは一応少しでも入ったほうがいいんじゃないかというんだがね」

「倉橋君の奥さんは出版社に勤めているのと違いますか？」

「出版社は給料が安い。未亡人は、つまり、内職をやっているのだ。それでみんなが保険に入ってあげるのだ。……実は、岡村局長からの依頼なんだよ」

山田事務官は、倉橋未亡人が保険の勧誘をアルバイトにはじめたということにもおどろいたが、岡村局長の考えから自分たちが彼女の保険に加入するように指示されていると聞いて、二度びっくりした。

生命保険にはどこの家庭でもほとんど手いっぱいに入っている。これ以上掛金の余裕がないくらいだ。山田にしてもずいぶんいろいろなコネから頼まれて、断わるのに苦労してきた。だが、今度は、それが岡村の意図から出たと聞いて、彼は早くも拒絶できないような気持になってしまった。もちろん、それは強制ではない。だが、上司のすすめだとすれば、義理を立てないわけにはゆかなかった。

一つは、他人が加入し、自分だけが入らないとなると、何か上に対して不満を持っているようにみられる。異端視され、のけ者にされるおそれがある。それがこわい。

岡村局長は死んだ倉橋に恩を返すのに、その官僚組織を利用したといえる。多分、彼の勧めは一種の命令として下の者に受取られるに違いない。表向きにはそれは決して強制ではなく、各人の自由意志だというだろうが、下のほうはそうは受けとれない。みんな不満はあったが、顔では笑って、進んで彼女の保険に加入するに違いなかった。

「そのうち、倉橋君の奥さんが直接に君と遇って、説明したり、手続きしたりするだろうからね、まあ、よろしく頼むよ。どうも、ありがとう」

岡村の代りに勧誘にきた男は礼を述べて立ち上がった。彼はこういう調子で、みんなを口説いて回るのである。半分は仕事の上の義務で、御苦労なことであった。

山田事務官は、家に帰ると、妻にこのことをいった。果して妻は暗い顔をした。

「もう、そんな余裕なんか無いわ。この上、そんなものを出したら、借金でもしなければ払ってゆけないわ」

「仕方がないよ、多分、課のやつは全部入るだろうからな。最小限でも入ってやれば、義理はすむよ」

山田は妻を説得した。

「いくら最小限だって、そのぶん、生活が苦しくなるわ。それに、保険の掛金というのは、延々とつづくのでしょう。たまらないわ」

妻は容易に不平をやめなかった。

「やむをえないよ、それじゃ、おれの小遣いでも、タバコ代でも減らしてくれ。これも役所の義理だ」

「倉橋さんの奥さまは仕合せね……」

と、妻は溜息をついた。

「ご主人が亡くなったときに、うんと弔慰金をもらい、役所の世話でいい就職をし、今度はアルバイトの保険勧誘が局長さんの世話ですもの。ご主人が生きてらしたときより、よっぽど、いいじゃないの。お金がうんとたまるに違いないわ」

山田は一言もいえなかった。彼は、自分のタバコ銭まで節約して倉橋未亡人に保険の勧誘成績を上げさせなければならないかと思うと、腹が立ってきた。

翌日、山田は、役所に倉橋未亡人の訪問をうけた。いまでは保険の勧誘員である彼女は、山田を堂々と呼び出した。

「この前から、いろいろお世話になりました」

と、未亡人はにこやかに山田に挨拶したが、その態度は以前とうって変って、すっかり一人前の女外交員になりきっていた。みたところ、化粧も服装も派手で、五つも六つも若返ったように見えた。しかも、保険の外交員特有の営業的お世辞がいやらしいくらいに発揮されていた。

これが夫の死の当時、あれほど嘆き悲しみ、眼のふちに黒い隈《くま》ができるほど悲観していた女と同一人であろうか。山田は、生活環境の変化とはいえ、このように人間が短期間に豹変するのをはじめて知った。

「いろいろ皆さんにご迷惑をお願いしています」

と、倉橋未亡人は手に持った女持ちの小さな鞄から、早くも生命保険のパンフレットなどをとり出した。それには掛金と受取額の一覧表がついていた。

「ここに書いてあります通り、ほんとに生命保険に入っていれば、どんなに奥さまがおよろこびになるか分りませんわ。わたくしなどは、倉橋があんなふうになると分っていたら、もっと保険を掛けていればよかったと後悔してますわ。そんなわけで、みなさまにお勧めするのは、わたくしの場合、義務がございます」

と、彼女はなめらかにいった。この言葉は、これまで加入を勧める相手の何十人かに向かって繰返されたことであろう。ここの課員だけでも加入したのは二、三十人、たっぷりといるはずだ。

彼女は、それをいうのに少しも臆したところはなかった。はじめから加入は決まっているように高飛車であった。いうまでもなく彼女は岡村局長の指示が出ている ことを知っているのだ。課員のだれもがそれに逆らえないことも分っている。彼女の勧誘は恩恵的であり、義務の遂行を求めているようであった。

山田は、それに抵抗することができなかった。むかむかするけれども、上からの意向があるとなれば、彼も屈服せざるをえない。せいぜいの抵抗が契約金額を最小限度に止めることであった。

「なにしろ、ご承知のように給料が少ないし、子供の教育費もかかるので、手いっぱいなんです。まあ、このへんでご勘弁を願います」

「それはよく分っております。でも、先ほども申しあげたように、ほんとに少しでも余計にお掛けになったほうが、奥さまからどんなにあとで感謝されるか分りませんわ。奥さまや子供さんのためですわ」

未亡人はにこやかに、そして儀礼的な口ぶりで圧迫してきた。山田は、女房より自分が早く死ぬことが決定されているような気持になった。——

価値の交換

局長クラスに、近いうち勇退する者が一人いる。

蚕糸《さんし》局長の渡部俊二という人だった。局長の中では最年長者だ。もっとも、停年にはまだかなり間がある。しかし役所の人事は、停年を待たないで局長から下ろし、外部にはめこむ場合が多い。それは当人の都合もあるし、また省内人事の都合にもよった。当人の都合というのは、たとえば、役人を辞めて代議士に立候補することだ。この場合、役人時代から特定の政治家と密着し、その支援でどこかの地盤をもらい、立候補するのである。

それが省内人事の場合は、その役人の行先は当然のことに決定されている。農林省の場合は、外郭団体や関係企業にそれを求めるのにことは欠かなかった。蚕糸局長は、ある大きな酪農会社の重役にポストが予定されていた。蚕糸局と酪農会社とは何の関係もない。関係のないところにすべり込ませるのが、官庁行政の民間会社に対する大きな支配力である。

渡部蚕糸局長の後任は省内部長から予定されていた。実は、この部長を昇進させるために蚕糸局長の勇退が決まったといってもいい。部長は現農林大臣の遠い親戚で、早晩、彼がだれよりも速い出世をするであろうことは予想されていた。

そうした人事に山田事務官は無関心であった。これは雲の上の出来ごとと同じで、何ら自分には関係がない。人は最も近いところにそれが起らないと実感が湧かぬ。蚕糸局長が酪農会社の重役になろうが、部長から局長にだれがなろうが、山田の身辺にはこそとも波は寄せてこない。

しかし、一方では、他人の人事はだれしも興味のあることだ。食堂などでは、この予定された人事にひそひそと噂話が咲いていた。

そうした矢先である。

山田は、西弁護士が警視庁に召喚されたということを役所の噂で知った。

これは雲の上の人事より遥かに彼には身近なことだし、興味もある。

西は召喚といっても逮捕ではなく、単に参考的な訊問を受けただけらしい。しかし、山田は、あの事件はもう捜査が終ったと思いこんでいたので、このニュースは一種の青天の霹靂《へきれき》であった。警視庁はまだあれを諦めていないのかと思った。

西の召喚が倉橋課長補佐のふしぎな死につながることはいうまでもない。だが、それは単なる個人の怪死事件ではなかった。背後に砂糖輸入に関する大きな汚職がある。むしろ警視庁の狙いは、倉橋課長補佐の死で潰《つぶ》れた汚職を、もう一度掘り起そうとするところにあるらしい。

いかに警視庁がそれに本腰を入れているかは、いきなり西弁護士を喚問したことでも分る。これまでは贈賄側の業者や、収賄側の係長と課長補佐を調べた程度だが、まだ西の身辺には及ばなかった。してみると、この現象はよほど警視庁が確固たる証拠を握ったのかもしれぬ。

山田は、さすがに警視庁だと思った。いったん退いたかに見せかけて、実は執念深くこつこつと捜査材料を集めていたのだ。海千山千の西を呼んだのだから、よほど彼を押えこむ有力な証拠でも手に入ったに違いない。

山田は、その日一日が愉しくてならなかった。

警視庁の再度の捜査開始で農林省は動揺が起っている。山田事務官の眼にも、それははっきりと分る。部長や課長がそわそわしている。現在の局長は事件とは無関係だが、農地局長に移った岡村は渦中の人物だから、これもさぞかし心配しているに違いない。殊に西弁護士が召喚されてからは色を失っているようだ。外見は太っ腹なようでも、実は小心な男であった。ほかの者は岡村を間違って受取っている。

それというのが、岡村は実力大臣をバックにしているのと、自分の頭脳と手腕にうぬぼれているので、思うままなことをいい、勝手な振舞をしているからだ。はたから見ると、役人として全くの型破りであった。だが、岡村が何よりも官僚的なことは、絶えず彼のお供をして地方をまわってきた山田にはよく分る。高級役人は、本省ではめったにその性格を見せないが、旅先だと、つい、安易な気持になって馬脚を顕《あら》わす。

省内のあちこちで警視庁の摘発が再びささやかれはじめた。危機が一度静まって再発した場合、その内容は、想像する側に前回とは比べものにならない真剣さを持たせる。最初は、どこまでその摘発が進むか予想がつかないので、たしかにセンセーショナルではあるが、密度がない。今度は、それほど派手ではないが、それだけに何か不気味な重苦しさを持っていた。

だが、山田は、その事件に多少ひっかかりがあるというだけで、あくまでも傍観者の立場から変らなかった。いや、まるきり縁が無い人間よりも、少しはその端にひっかかりを持っているだけに興味がある。しかし、どんなことがあっても、山田自身が事件に巻込まれるおそれはない。

長い間属官として暮らしてきた山田には、その習性が身についている。他人の不幸を喜び、他人の幸福を愉快としない。殊に今度は相手が岡村である。この局長にはずいぶんといじめられたし、我慢を重ねてきた。警視庁が仇を討ってくれるなら、これに越したことはなかった。

山田はうきうきして仕事をしたが、省内でもう一人、この憂鬱な空気を少しも感じない、愉しそうにしている人物がいた。今度勇退が決まって外郭団体の役員になるはずの渡部蚕糸局長であった。彼はあと二週間後に迫る辞令の発表を待つばかりになっていた。すでに仕事は後任者にほとんど申し送って、いまではブラブラしている。

蚕糸局長は関係会社に天下っても、その役員として農林省とのパイプ役になるに違いなかった。給料も、その利益のために会社側が破格なものを出すに違いない。少なくとも、役人をしているときよりも数倍の収入になるはずだった。重役ともなれば停年はない。

「上役は結構ずくめだ」

と、山田は家に帰って女房にこぼした。

「おれは停年になっても、多分、拾ってくれる先はないだろう。どうにか業者の嘱託にもぐりこめたらいいほうだろうが、それにしても、給料はいまの三分の一だろう。なにせ、二度の勤めだからな。だが、同じ二度の勤めといっても局長クラスは凄い。どこまでも上の人だけが得をするような組織にできている」

警視庁捜査二課は、起訴されたが保釈になっていた業者側の二人の重役を再逮捕した。

砂糖会社といっても、これは戦前からあった大手ではなく、戦後できた中小企業の寄合いである。原糖の輸入には実績からいって優先的に大手会社が多くの割当てを受けるが、残余の僅かな割当ての枠をめぐって、中小製糖業者は猛烈に農林省に働きかけた。このとき、個々ばらばらの小企業ではどうにもならないことが分って、彼らは一種の共同企業会社を作った。これだと、いくらかでも原糖輸入の枠が楽にもらえるのではないかと思ったのである。

ところが、この共同企業会社にはやり手の男が一人いた。ばらばらの小企業をとにかく一本の共同体にまとめたのも彼の手腕だが、この男が猛烈に農林省の実力大臣に働きかけた。

もちろん、大臣との間に相互の利益交換があったことはいうまでもない。

少しのちのことだが、その実力大臣が他のポストに移って、後任に自分の子分を補充した。その時の笑い話が残っている。

子分の大臣は就任挨拶の際、全職員に向かって、

「これからは農林省に大臣が二人いると思え」

と、堂々と演説した。いうまでもなく、一人は自分の親分で、あとは自分自身のことだ。

いま、警視庁に留置されている合同製糖の役員二人は、その腕利きの男の腹心であった。そんなことから、再び農林省は疑獄危機に見舞われた。

すでに前回の取調べで警視庁のほうには捜査の資料が相当でき上がっている。ただ、あの時点では倉橋課長補佐の死が一つのキメ手を失ったことになり、捜査はストップした。しかし、それで警視庁が砂糖汚職の摘発を放棄したのでないことは今度の捜査再開で分った。警視庁は執拗に再開の時機を狙っていたのである。

やがて、前に留置されたことのある大西係長がまたもや召喚された。ただ、今度は直ちに逮捕令状は出なかったが、連日の召喚は再び彼の逮捕必至の情勢とみられるようになった。

新聞はまた、この事件を大きく取上げはじめた。その観測記事にいう。――この事件を警視庁が二度も捜査するのは珍しい。思うに、前の捜査は何かの事情でいったん中止になった恰好だが、その間に警視庁のほうではもっと有力な証拠を握った

模様である。今度は捜査側も本腰のようであるから、前回と違って途中で挫折することはなく、とことんまで追及の手を進めてゆくであろう。その結果、あるいは政界の一部に波及するものとみて、政界筋では衝撃をうけている。……

捜査二課による摘発の手は着実に進行しているように思われた。それは役所の雰囲気で誰にも分る。上層部は落ちつきを失っている。絶えず会議が開かれているが、どうやらそれが捜査に対する対策のように思われた。

普通の会議だと、明るくて開放的である。そして、多人数が集まることが多い。だが、このところ、その会議は秘密で、あわただしかった。集まる者も少数だった。笑い声は湧かず、みんな暗い顔をしている。

(今度は、やられるぞ)

山田事務官は、会議室の様子を横眼で見るようにして、ほくそ笑んでいた。何だか毎日の出勤に張合いが出てきたようだ。今日は、どういう変化が起るのか、だれが姿を見せないか、その人の姿がなかったら、それは警視庁に呼ばれて取調べをうけているのではないか、そんな期待に胸がふくれる。

他人事《ひとごと》よりまだ面白かった。全く関係のない他省のことだったら、これほどの興味は湧かない。自分の役所のことだから面白いのである。

（今度は、徹底的にやられるだろう）

山田は予想を立てている。

なにしろ、西弁護士が取調べられているのだ。この男が、ある意味では今回の事件の中心だった。倉橋課長補佐は実務の面から、業者と官僚側のパイプ役だったが、西は、策略的な面からのパイプだ。政治家につながっている。その意味では、倉橋などより、ずっとスケールが大きい。

その西が、連日取調べをうけている。もし、西が、あらいざらいしゃべったら、どういうことになるか。上層部の不安がここにある。虚勢を張ってはいるが、高級官僚は小心者が多かった。

しかも、西は倉橋殺害の嫌疑をうけている。当局の取調べが、この点に集中したら、西も動揺するだろう。その彼の弱点を衝いて、汚職の面をひき出すという作戦も当局は考えているのではあるまいか。

（汚職と殺人容疑との両天秤《りようてんびん》だ。西も参るだろう）

山田は、自分がこう考えることは上層部も考えているに違いないと思った。殊に、岡村局長は、倉橋の死の真相を知っている人物だ。おのれの崩壊の危機に直面して、最も戦慄しているのは、岡村に違いなかった。

「山田さん」

と、同僚で彼の意見をきく者がいた。汚職捜査の見通しのことである。

「今度は、どうでしょうね。火の手は大きくなりますかな？」

「さあ、ぼくなんかには分りませんね」

山田は、にこにこして答える。

「なにしろ、雲の上のことですからなァ」

うっかり意見をいおうものなら大変だ。どこにどう伝わって、ひどい目にあうか分らない。同僚もスパイと思わなければならぬ。

「山田さん。岡村農地局長がお呼びですが、いま、お手が空いていますか？」

局長秘書が電話をかけてきた。

岡村農地局長は、広い所にぽつんとひとりで坐っていた。部屋も広いが、机も大きい。山田がドアから入って行くと、局長は遥か向うからじろりと彼を見た。

その局長の机に行くまでは十数歩歩かなければならない。手前には、会議用の円卓や、おびただしい椅子がある。その向うには、来客用の応接椅子がある。局長の背後の花瓶には、水仙と南天とが大きな束になっていた。スチームが入っているので部屋は暖かい。外にむかった窓ガラスが曇っていた。

「どう、元気かね？」

と、局長は山田が机の前に立つとほほえんだ。眼は笑っていなかった。

岡村からすると、山田はもとの直属部下だが、いまは局が変っているので多少の遠慮があったのかもしれぬ。だが、山田からすると、以前の関係で、その従属意識は少しも変っていなかった。この局長の前に立つと、なんだか心が自然に萎縮するのである。陰では「若造」と笑っていっているが、本人の前に立つと、相手が年下だということが消し飛んでしまう。あるのは上官と部下の関係だけだった。

「はあ、おかげで元気に勤務しております」

と、山田は前で手を組合せて答えた。

「それは結構」

局長は少し黙った。それから、例の神経質な皺を眉の間に寄せて、彼を下から眺めあげた。ウイスキーの瓶はなかった。

「君のところに警視庁のほうから何かいって来ていないかね？」

局長は静かだがきびしい声できいた。

「いいえ、何も」

山田はうなだれて答えた。やはり局長に呼ばれた用事はそれだった。岡村は再度開始された警視庁の砂糖汚職の捜査を心配しているのだ。

「そうかね……ま、一本つけたまえ」

と、局長は机の端にある接待用の煙草入れの蓋を取った。

「はあ、戴きます」

山田は遠慮そうに一本取った。岡村は、それに自分からライターを鳴らして近づけた。これまでにないサービスである。

「恐れ入ります」

山田はお辞儀をした。

「君も知っているだろうが、例の砂糖のことでまた警視庁がいろいろな人を呼んでるようだ」

局長はライターをポケットに収めていった。いろいろな人の中には西弁護士もいるし、大西係長もいるし、業者側の役員も入っている。いずれも未だ留置までにはなっていないが、連日のように彼らは任意出頭させられていた。

「ぼくが思うに……」と局長はいった。「この前、君のところに警視庁の者が行って、東北の温泉で死んだ倉橋君のことをきいたといったね？」

「はい」

「そのことでまた君のところに警察が行くかもしれないよ。それについて、少し君の考えを聞いておきたいんだ」

「考えと申しますと……」

「警察の質問に君がどういうふうに答えるのか、それをここで話し合ってみようじゃないか。つまり、練習するんだよ」

岡村局長は山田事務官を前にして問答をはじめた。局長によると、山田が警視庁に参考人として喚《よ》ばれた場合のリハーサルだというのである。山田がうっかりしたことをいわないためにも、また先方に尻尾をつかまれるようなヘマな答弁をしないためにも、その準備が必要だという。

「とにかく、ああいう場所は普通の人間にはなじめないところだからね。ぐるりにいっぱい警官がいる。係官が君のいうことを調書に取る。それだけでも怖気《おじけ》づいておどおどする。心にもない答弁が思わず出る。そうすると向うは、その言葉尻をつかまえてしつこく食い下がる。こちらも気持は動転する。まあ、そういうことのないようにするんだ。先方がどういうことをきくか、大体は察しがつくので、それをぼくが代って君にいうわけだ。君はぼくを警視庁の人間だと思い、そのつもりで答えてくれ」

「はあ」

山田は岡村局長のいうことが少々ばかばかしいとは思ったが、心のどこかには、これは本当に警視庁に召喚されるかもしれないという考えもあった。それで彼はいくらか緊張した。

「では、はじめるよ……山田さん。あなたは倉橋課長補佐がどうして自殺したか、その原因に心当りがありますか？」

岡村局長は椅子の上でかたちを正し、言葉をあらためていった。

「さあ、心当りはありません」

山田がつい返事すると、

「それがいけないんだ」と、局長は怕《こわ》い顔をした。

「いま、ぼくが何を問うたか分らないかね。ぼくは君にこう質問したんだ。倉橋課長補佐は自殺したというが、その心当りはないかと。いいか、自殺といったんだよ。倉橋君は自殺ではない。あれは過失死だ。君が、いいえ、倉橋課長補佐は自殺ではありませんとハッキリ否定しないと、警視庁では君が自殺を承認したように解釈するよ」

「気がつきませんでした」

　と、山田は頭を下げた。

「警視庁はいろいろとカマをかけるからね。必ずしも正しい質問ばかりを発するとはいえない。相手がどのような考えでそういう質問をするか、答える前によく考えてみるんだ。慎重の上にも慎重にしないと、君自身がえらい目に遭うよ」

「分りました」

「その次……あなたは倉橋課長補佐の遺体を引取りに宮城県の作並温泉に出かけたということですが、それはだれの命令ですか？」

「はい、総務課の本郷課長のいいつけです……」

「よろしい。……向うに着いて、あなたはだれか知り合いに遇いましたか？」

「はい……」山田はちょっとためらったが、

「西先生に遇いました」と唾を呑んでいった。

「よろしい。西弁護士だな。……あなたは西弁護士を知っていますか？」

「それまでは直接にお話ししたことはありません。個人的な関係はありませんが、ときどき本省に見えるのでお顔は知っています」

「西弁護士は何のために農林省に出入りしているのですか？」

「分りません」
「それでよろしい。君はよけいな想像でものをいってはいけない。曖昧なことは一切、分りません、で通すのだ」
岡村局長と山田事務官の想定問答。問いはむろん岡村である。
問「あなたが倉橋課長補佐の遺体を引取りに出かけたとき、これは変だなと思いませんでしたか」
答「思いませんでした」
問「しかし、そういうことは今まで本省に前例が無かったでしょう。そのことに疑問が起りませんでしたか」
答「総務課長の言いつけですから、それが当然だと思いました。役所の仕事は上司から命ぜられたら、間違いないことになっていますから」
問「作並温泉の旅館に着いたとき、あなたはだれに遇いましたか」
答「旅館の人のほか、西弁護士に遇いました」
問「西弁護士はどんなことをあなたにいいましたか」
答「自分といっしょに泊まっていた倉橋課長補佐が、朝散歩に出て崖から足をすべらし、川岸の石で頭を打って亡くなった、まことに気の毒です、どうか、車に丁寧に安置して東京にお送りして下さい、といわれました」
問「あなたは倉橋課長補佐が亡くなった前後の事情について、西弁護士から何か聞きませんでしたか」
答「ただそれだけで、深くは聞きません」
問「あなたは倉橋課長補佐の遺体を見ましたか」
答「すでに納棺されてありましたので、顔を拝んだだけです」
問「そのとき課長補佐の顔に異状があるとは思いませんでしたか」
答「思いませんでした。安らかな死顔でした」
問「女中やその他宿の人から、倉橋課長補佐の死について、あなたは事情を聞きませんでしたか」
答「聞きませんでした。ただ倉橋課長補佐はお気の毒なことになりましたね、と宿の人から悔やみをいわれました」
問「あなたは、いわゆる輸入砂糖の問題で倉橋課長補佐が警視庁に参考人として喚ばれていたのを知っていますか？」
答「知っています」
問「倉橋課長補佐はまだ訊問が済んでいないのに、急に出張に出かけた。そして亡くなった。これについて何か感想はありませんか」

答「倉橋君が警視庁に喚ばれていたことを知る程度で、そのほかのことは何も知っていません。また、その出張が訊問の済まない間であったかどうかも知りません。倉橋君はよく出張していたので、そのことは別に不思議ではないと思っていました」

問「しかし、倉橋課長補佐は出張の帰りに作並温泉で休養している。そこで西弁護士といっしょに宿泊しているのですよ。出張にしては変ではないですか」

答「いや、出張でも少し用事が早く済めば、出張予定日に帰るまで、そういう休養を取ることは慣例となっています。ですから、別におかしいとは思いませんでした」

岡村は、ちょっと言葉を休めた。今度はどういう訊問の仕方があるかな、と考えているようであった。

岡村局長と山田事務官との想定問答は終った。局長は急ににこにこと笑い出した。

「まあ、こんな要領でいいだろう」

と、彼は上機嫌であった。

「とにかく、警視庁の雰囲気に巻きこまれないように落ちついて答えてくれ。向うはカマをかけたり、ワナをつくったりしていろいろきくに違いないからね。君だってつまらない答えかたをして思わぬ迷惑をうけても困るだろう」

思わぬ迷惑というのはどういうことか、山田にはよく分らなかった。彼は事件に関係がないから被害者になることは絶対にない。すると、迷惑とは山田自身の役所での地位についていっているのかもしれない。もし不利な証言をしたら、彼をどんな部署に左遷するかもしれないという局長のおどかしかもしれなかった。

「よく分っております」

と、山田は頭を下げた。

「まあ、長い間ご苦労だった」

と、岡村はふところに手を突っこむと、財布を出し、手早くその中の一枚を紙に包んだ。

「これで帰りにビールでも飲んでくれたまえ」

と、さし出した。

「局長、そんなお心遣いを……」

「いや、いいんだ。とっておきたまえ」

「ありがとうございます」

断わることもないから山田は頂戴した。

彼は自分の席に戻ってほっとなった。考えてみると、バカバカしい練習をしたものである。仮に警視庁の雰囲気に巻きこまれてうかつな答弁をしたところで、彼自身にはいささかの影響もないのだ。その失言から傷をうけるとすれば、局長やその他事件に関係のある連中ばかりだ。彼らは山田が不用意なことをいわないのを願っている。そのためにおこなった局長の想定問答だった。

うかつなことをいって君に迷惑がかかってもつまらないだろうという岡村の言葉が、また心に浮んできた。暗に、その証言に失敗したら君の地位はどうなるか分らないという威嚇《いかく》だ。これも不合理な話だが、長い間役所に勤めた山田としては、上役からそんなことをいわれるとやはり動揺する。勤め人根性が身体の芯《しん》まで染みついていた。

もう勤めるのも長いことはない。停年も間近だと考えても、やはり左遷されるのはつらかった。一時は、もう少し出世ができるかと希望を持ったこともある。

山田は局長からもらった紙包みをそっと開いてみた。五千円札が一枚入っていた。

バカにしていると思ったが、もちろん、それで酒を飲み、気を散じるほどの度胸はなかった。彼は帰宅の途中、子供のみやげを買い、牛肉をうんと買った。それで

も まだ三千円以上財布の中に残った。

珍しいことだ、といって妻はびっくりしていた。

「何かお金が臨時に入ったんですか？」

「いや、そういうわけではないが」

「あまり無駄づかいはしないで下さいよ。ウチもギリギリに切り詰めているんですからね」

妻は邪推していた。

それから四、五日経った。

役所にあまり見馴れない男が来て、次官や局長に面会を申込む姿が見られた。岡村農地局長が主に会っている。どういう人間なのか、当人は受付に名刺も出さない。ただ岩下という姓だけを名乗り、それで次官なり、農地局長に通じてもらえば分るといった。

事実、受付が電話で問い合せると、秘書が玄関までその客を迎えにきた。よく肥えた体格で、五十五、六ぐらいの年配である。鷹揚な態度だが、ただ、眼つきが鋭い。

次官室でも局長室でも、その男がくると、他の客よりも待遇がよかった。これは有力代議士がきたときと同じもてなしで、紅茶や菓子はもとより、果物さえ出た。会談も長かった。それもほかに人を交えない。ドアもぴたりと閉めてのことである。

これが事務官たちの眼につかないはずはなかった。

「何者だろう？」

ということになった。四、五人集まると、その正体の知れない客のことが噂に出る。

「議員さんだろう」

というのが最初の意見だが、もちろん、当人は胸に金バッジもつけていない。もっとも、議員先生は時と場合によって金バッジを裏返しにつけることはある。だが、彼は政治家ではないようであった。また、何かを頼みにくる陳情者でもなかった。それだったらずっと低姿勢のはずだし、忙しい次官が時間を割《さ》いてまで会うことはないのだ。

その会談はかなり真剣なようであった。

「検事だろう」

と、次には想像をいう者があった。これがいちばん納得できる。目下、再燃した砂糖汚職事件は警視庁捜査二課で取調べがおこなわれているが、地検がぼつぼつ興味を持ってきたとも考えられるからだ。

もともと、汚職関係は警視庁捜査二課でやっているが、地検でも汚職事件を担当する。特捜部がそうだ。

しかし、とかく検察庁と警視庁とは対立しがちである。特に地検特捜部では、汚職や選挙違反関係の警視庁の捜査は手ぬるい、それは警視庁が政治的な干渉をうける関係で矛先《ほこさき》を鈍らせるからだという考えを持っている。これに対して警視庁は、検察庁はこちらで捜査した結果起訴か不起訴かを決め、あとは裁判に立会うのが本来の任務ではないかという。つまり、検察官公判専従論である。

こうしたことから、ときどき、汚職や選挙違反事件で、検察庁が捜査当局とは別個の立場で独自に捜査を開始することがある。これがもつれると、両方で批判の投げ合いになる。

いま事務官たちが五、六人寄って、あの肥った男は検事ではないかといったのは、そうした知識の上での噂だった。

あたかもそれを裏書きするように、その男が帰ると、次官は大臣のもとに相談に行き、さらに有力局長を集めて何ごとか協議に入った。

渡部蚕糸局長の勇退は省内で早くから伝えられていたが、いよいよ一週間後に発令ということに決まった。少なくともその時点での情勢はそうであった。

現に渡部局長は各方面に挨拶回りをこっそりしている。この人はあまり政治色の無いほうだったが、それでも、省を辞め、関係会社の重役におさまるからには、やはり政界や財界の関係筋、また役所の先輩などにも顔をつないでおかなければならなかった。一週間前にその挨拶回りをしたといっても、決して早くはない。

また、すでに内定していることだから、それとなしに渡部局長の送別会を意味する会合がぼつぼつ持たれるのも不自然ではなかった。渡部はひどくご機嫌である。次官にはなり得なかったけれど、今度天下る会社は景気がいい。重役の給料は局長の給料の数倍であった。莫大な重役手当のほかに、いわゆる交際費というかたちのポケットマネーも潤沢である。彼は局長でくすぶっているより遥かにめぐまれる。

突然変異は、その発令予定日より五日前に起った。

その日、次官に呼ばれた渡部蚕糸局長は、まるで打ちひしがれたような恰好で次官室を出てきた。彼は顔蒼ざめ、指先を震わせていた。よほどショッキングなことを次官から聞いたに違いなかった。蚕糸局長は、その日は仕事を途中でやめて自宅に帰った。

何が起ったのか。——

まもなく省内には、

「蚕糸局長の関係会社への天下りは中止になったそうな」

という噂がひろがった。省内人事の風説は伝播《でんぱ》がふしぎに速い。

どうしたのだろうと、寄るとさわると、その疑問の投げ合いになった。みんな分らない。この変異が蚕糸局長自身の意志から出たのでないことだけはだれにも分っていた。それでは次官の気持が変ったのか。

この次官は、むしろ同期の渡部局長を煙たがっていた。だから次官は彼の勇退を策謀したほうだといわれていた。次官が今になって渡部に省内に残るよう引き止めるはずはない。

それなら農林大臣か。大臣はさまざまな人的関係を持っている。そこで考えられるのは、大臣がそうした義理合いや自己の利益を考えて、他の人を重役に立て、蚕糸局長を引っこめたのではないかという線である。

しかし、これもちょっと不思議である。なぜなら、蚕糸局長の勇退は大臣がすでに了解を与えていることで、それだからこそ発令を前にして渡部局長は各方面に挨拶回りをしたのだ。大臣の意志が曖昧なときに、いくら渡部局長でもそんな早まった行動をとるわけはない。しかも、渡部は石橋を叩いて渡るように堅実そのものの性格であった。もっとも、それだけに人間的な面白味はなく、手腕も平凡であった。

翌日から、蚕糸局長は浮かぬ顔をして出勤してきた。気の毒で見ていられないくらいに彼はしょんぼりしていた。

周囲の関心は、渡部局長の代りにいかなる人物がその有力関係会社の重役に就任するかということに集まった。

警視庁が突然、例の砂糖汚職の捜査を中止した。

連日のように捜査二課に喚ばれていた大西係長が晴れ晴れとした顔で上司に報告した。

「警視庁では、もう、あの一件は分ったからこなくてもいいといわれました。こなくてもいいというのはどういうことかときましたところ、どうもモノにならないから諦めるというんです。向うでは、たいへんご迷惑をかけて済まなかった、ご苦労でしたといって、ぼくを慰めてくれましたよ」

大西はやつれた顔に喜色を見せていったが、上司は、

「そうか。それはよかった」

と答えたきりで、渋い顔でいた。

この上司は警視庁の意向を前から知っていたのである。

つづいて贈賄の嫌疑を受けていた業者側も釈放された。事件は最終的に落着したのである。

新聞は、そのことを報じて、捜査二課長談を発表している。

「いろいろ調べたが、どうも疑点がつかめなかった。まだすっきりとはしないが、これ以上捜査しても起訴できるかどうか自信がないので、捜査は中止することになった。こういう事件はなかなかむずかしいと思った。今後の捜査の反省資料にしたい」

大西係長を慰労するささやかな会が有志一同の名で持たれた。場所は目立たない普通の料理屋で行なわれた。集まる者は大西の同僚だけだったが、雪冤《せつえん》会とはいえ、やはり湿っぽかった。

山田事務官はその会に出席したが、酒を呑みながら、どうも合点がゆかなかった。捜査は倉橋課長補佐の急死によっていったん中止になった。あの時点では捜査は崩壊したと思っていた。ところが、急にその後捜査が再びはじめられ、いま上座に坐って皆に慰められている大西係長が連日警視庁に喚ばれて取調べを受けるようになった。業者側もまた再留置された。

ところが、今回また捜査は立消えになった。

二度目の捜査だから警視庁もよほど自信があってはじめたことに違いない。前にいったん挫折しているのだから、その再開となれば、かなりな自信と証拠とを持って再捜査に踏み切ったと思われる。その自信がなくては軽々に二度目の起ち上がりができないはずだ。それなのに、今度は僅か二週間足らずで捜査の打切りを厳命したのである。ふしぎだと思うのはこのことだ。外見からすると明らかに警視庁の黒星だ。新聞にもそう書いてある。一歩間違えると人権問題にもなりかねない。警視庁にはその予見ができなかったのだろうか。その上、山田がふしぎに思うことは、渡部蚕糸局長の勇退が延期になった時期と捜査打切りとが重なっていることである。これは偶然かもしれない。渡部は勇退というものの、実は民間会社の有力ポスト獲得という花道が用意されてある。本人もそれをひどく希望し、愉しみにしていたのだ。それが急に沙汰《さた》やみになってしまった。奇妙なことに、以上二つの偶然が、ほとんど同時期に重なっている。——

渡部蚕糸局長の退職が延期になった理由を省内ではだれも知らなかった。本人がそれを希望したのでないのは、彼の顔色が冴えないことでも分った。また、それだったら、たとえ内輪でも送別会をしてもらうはずはないのだ。渡部局長はしょげていた。

彼を慰める者は、

「あなたのような人は、もう少し役所に残っていただかなければどうにもなりません」

といった。むろん、お世辞である。

「いや、どうも」

渡部も返事に窮していた。まさか露骨に、どうしてこんなことになったのですか、ときく者はいないから、彼も真相は打ちあけなかった。よほど親しい者でないと、そんな無遠慮な質問はできないのである。また、渡部自身も本当の原因は知らないかもしれなかった。

何かが起ったに違いない。早速、部下の事務官連中はいろいろと臆測をした。だが、実際にその理由が省内に分ったとき、だれもそれを予想した者はなかった。

渡部局長が農林省から出て天下るはずの民間会社の役員の位置は、なんと警察庁の某局長が取って代ったというのである。

省内の者は、あっ、と思った。意外な人事である。彼らは、たとえ渡部局長がそこに行くのが取止めになったとしても、農林省関係の他の者によって埋められるものと信じていたのだった。まさか警察官僚が渡部を押しのけて、その席を占めようとは思わなかった。

しかし、ある者は気がついた。それは砂糖事件の捜査を警視庁が急に中止したことと思い合せたのである。

これは、警察庁が、事件の捜査中止を条件に、農林省と取引きしたのではなかろうか——ということだ。

「なるほど、それも考えられるね」

と、山田事務官は省内の消息通からその意見を聞いて答えた。

「警察官僚は行き場がない。ウチの省とか、通産省、大蔵省、建設省、運輸省などのような経済省と違って利権を持っていないからね。したがって、その後の身の振りかたに困っている」

「末端の警察署長などは、管内の風俗営業業者にコネをつけて、その役員に入ったりしてるからね。今度、渡部局長の代りに天下った警察庁の局長は、どこにも行き場がなくて周囲で弱っていたそうだ。そこで、今度の砂糖汚職事件の捜査をやめる代り、農林省の睨みの利く会社のポストに世話しろといったんじゃないかな。それだと、すっと筋が通ってゆくね」

山田は、そう聞いて、ひとりでうなずいた。考えれば考えるほど、それが真相に近いように思われてきた。

警察庁もその局長ひとりの問題ではない、今後同じケースで辞めてゆく高級職のためでもある。いわば、警察庁全体の共同利益のためだ。でなければ、警察庁の人事に警視庁捜査二課が協力するはずはなかった。

多分、この取引きの工作は先方から申しこまれたに違いない。また、岡村農地局長も渡りに舟と、それに応じたに違いなかった。その取引きに応じれば、彼の身も、また他の関係者も安全地帯に逃げこめるからである。今度こそ捜査の永遠の中止が決定された。――

山田事務官は憂鬱になってしまった。

山田は、それから間もない或る日、昼の散歩に出ようと思って役所の玄関にきたとき、別の廊下から、この前から局長室に通っていた大男が岡村局長と肩をならべて近づいてくるのが見えた。

二人は親しそうに笑いながら話し合っている。山田は、自分のほうが悪い立場にいるような気がして、隅に向きを変えた。向うでは彼に気がつかない。二人は玄関に出ると、表に待たせてある黒塗りの大型車に近づいて行った。局長専用なので、運転手がドアをあけて待っていた。

山田は、はじめて、あの男が今度酪農会社に重役となっていく人物だとさとった。渡部蚕糸局長の花道を奪い取った男だ。砂糖汚職の捜査中止の代償として警察官僚が送りこんだ取引きの代表である。

さては、あの男だったのか。――

外は明るい陽が当り、磨きのかかった自動車は太陽を豊かにはじき返している。このとき、岡村局長と、その男とは揃って顔をこちらに向けた。

山田はぎょっとして、また玄関から身を退いた。別に気のひけるところはないのだが、長い間の事務官根性で仇敵に睨まれたような気がするのだ。

だが、それは彼の錯覚だと分った。二人が車にも乗らず、立ったままこちらをふり返ったのはだれかを待っているからだった。

待たれている男は玄関の奥のエレベーターから吐き出されてきていた。

背の低い、ずんぐりとした西弁護士である。次官の秘書がわざわざ弁護士を玄関のところまで送っている。

小柄な西弁護士はちょこちょこと足を運ばせて玄関のところまできて外をのぞいた。車の二人は弁護士を認めて、警察庁の大男などは、そこから西を手招きした。

このとき、西の眼がひょいと山田に向かった。西の顔が、ほう、といったようになったが、彼は瞬間ゆがんだ微笑を見せた。

ところで、山田だが、全身に萎縮感が起った。ふいに爬虫類《はちゅうるい》でも見たときに起る、あの、ぞっとした感じであった。

弁護士が硬い顔になっている山田のところににこやかに近づいてきた。

「山田君、どうだね。しばらくだったな」

弁護士は山田の肩を叩かんばかりにした。

「はあ、その節は……」

と、山田はうっかり、そんな言葉が口から出た。

その節は、というのは、東北の温泉に倉橋課長補佐の遺体を引取りに行ったとき、この弁護士と会ったことが、つい、挨拶となって口から出たのだ。自分ながら卑屈だったが、卑屈は自分の習性となっている。その代り、相手の影の見えないところでは、容赦のない悪口となる。

西弁護士は、もう山田などは一顧もせずに、車に近づいた。警察庁の大男と弁護士とが、どっちが先に乗るかを譲り合っている。結局、西が先に座席に入った。何ということだ、岡村局長は自分から助手台に乗ったのである。あの、尊大な男が！

（ははあ、捜査の中止と引きかえに警察との取引きの仲介をしたのは、西だったのか）

山田は、光りながら遠ざかる大型車の後を見送っていた。

新聞にその警察庁の局長が勇退したという記事が出たのは、それから二日後だった。記事は、その人物が近く酪農会社の常務取締役として迎えられるだろうことを付け加えていた。

山田事務官は憂鬱であった。他人のことにはなるべく関心を寄せないようにしているが、彼とても人間だ。割切れない気持になったというだけでは全くの傍観者で、彼の場合、砂糖汚職事件を垣間見《かいまみ》ているだけに、この不正が天下にまかり通っていることに対して公式論でなく、感情的に憤りを覚えるのである。

しかし、憤ったところで彼には何の力も無い。いや、役所では、そんなことはおくびにも出せなかった。家族にもいえない。むろん、新聞記者に洩らせることではなかった。すると、彼の抑圧した感情ははけ場が無く、せいぜい場末の飲み屋でひとりで銚子を傾けるか、パチンコ屋に寄って一、二時間立ちつづけているほかはなかった。

この事件で犠牲になったのは倉橋課長補佐ひとりだ。彼は「事故死」によってずいぶん人助けができた。岡村局長はその恩恵の筆頭だろうが、まだまだ山田などには分らない上層の人物が命拾いをしている。全然関係の無い警察庁の局長までが、倉橋のおかげを蒙《こうむ》って会社の重役に天下ったではないか。

いや、倉橋の「忠死」は他人ばかりに恩恵を与えたのではなかった。その女房まで愉しくさせてやっている。彼女は、その夫の死後、多分、亡夫のおかげを蒙った連中から莫大な香奠《こうでん》をもらったに違いない。また、その子供が大学を卒業するまで、教育費という名目でカンパをしてもらうに違いなかった。その金を集めるのは、多分、西弁護士あたりだろう。しかも、彼女は夫の功労で、岡村局長の世話によって役所と密接な関係にある某出版社に勤めた。だれがそのようなコネ無くして中年すぎの無能な女を雇い入れるところがあろうか。

のみならず、彼女は保険会社の勧誘をアルバイトにしている。これは彼女がその出版社で無用だったことを裏書きする。勤め先には別に仕事が無いからアルバイトに励む。そのアルバイトも局長の命令で全員が保険の勧誘に応じるので楽なものだ。彼女は夫が生きていたころよりきれいになり、身なりも見違えるように立派になった。金もどんどんたまってゆくことだろう。

こんな不合理が許されていいものか。しかも、倉橋殺しの殺人犯人は弁護士の肩書で、悠々と白日のもとに大手を振って役所に出入りしている。そこで顔を利かせ、利権をあさり、役人には半ば怖れられ、半ば利用され、利用している。

だが、山田事務官のような下級役人の憤懣《ふんまん》は長くつづかなかった。一カ月もすれば、もと通り飼い馴らされた小役人に戻る。どう抵抗しても無駄だとさとれば、すべてを諦めるほかはない。

半年経って岡村が局長を辞め、近く代議士に打って出るという噂が省内に伝わった。そろそろ岡村の選挙運動が省内の有力筋から起っている。農林省の組織を利用するらしい。そういえば、岡村が急に皆に愛想がよくなった。

「あの若造が」

と、その噂を聞いた山田は、はじめて晴々した顔で人に語ったものだ。

「いくら選挙に立っても、だれがあいつに投票するものですか。ずっと皆から憎まれていましたからね。面従腹背は役人の習性でさ。もし、あいつが選挙に落ちたら、それこそ廃《すた》れものですよ。いや、そのへんを心得たやつが、彼を省外に追出す策略でしょうなア」

解説

山前《やままえ》　譲《ゆずる》
（推理小説研究家）

農林省食糧管理局総務課の山田喜一郎事務官は、食糧管理局長の岡村福夫に伴って北海道に出張していた。岡村は現農林大臣の第一の気に入りである。視察のあとの宴会も賑やかだったが、そこに東京から岡村に電話が入った。なんと岡村はすぐ東京へ帰ると言いだすではないか。何があった？　そして戻った羽田空港で、山田は同僚から食品課の倉橋課長補佐が警視庁に呼びだされたことを知らされる。汚職が発覚したというのだが……。

『地の指』からスタートした〈松本清張プレミアム・ミステリー〉の第五弾は、この『中央流沙』で全八作が揃った。病院経営の黒い霧や食品会社の内幕、企業経営の悲哀、あるいは土地利権のからくりなど、現代社会にも相通じる興味深いストーリーを堪能したに違いない。

砂糖輸入の自由化を背景にした汚職事件が、官僚組織の内情を暴いていくこの

『中央流沙』について、作者はこう述べている（着想話(4)　文藝春秋版『松本清張全集45』月報　一九八三・二）。

敗戦後、原糖の輸入量が各製糖会社へ割当てのキップ制となったため、これが獲得をめぐって業界に激しい競争が起り、農林省の官僚をまきこんだ。末端の課長補佐の「自殺」によってその汚職捜査はつぶれ、上司の局長も、製糖会社も、政党関係者も助かった。だが、はたして課長補佐は「自殺要員」だったのか。「中央流沙」のテーマである。（べつに記録風なものとして「或る小官僚の抹殺」がある）

今では考えられないことかもしれないが、一九四五年の終戦後、砂糖は貴重なもので、一九五二年まで配給制だった。日本国内での生産量は少なく、ズルチン、サッカリン、チクロといった人工甘味料もよく用いられていた。やがて輸入が増えていったが、そんなとき、一九五三年に取りざたされたのがその輸入をめぐる汚職だった。課長補佐の自殺によってうやむやになってしまったその疑惑の経過を、捜査記録にほとんど沿って書かれたのが、一九五八年に発表された短編「ある小官僚の

『溺《おぼ》れ谷』も、一九六三年の砂糖の輸入自由化を背景にした抹殺」である。また、一九六三年の砂糖の輸入自由化を背景にした砂糖の輸入をめぐる汚職がテーマとなっていた。

この『中央流沙』でも〝犠牲者〟が出ている。汚職容疑のキーパーソンに死が訪れているのだ。それは宮城県の作並温泉での出来事だった。そして遺体を東京から慌ただしく引き取りに行ったのが山田である。それは事故死とされたのだが……。

その死にかかわる重要なキーワードは官僚だ。そして官僚と言えば、初の長編ミステリーとして一九五七年から「旅」に連載され、日本のミステリー史のエポックメイキングとなった『点と線』に注目すべきだろう。福岡の海岸で発見された男女の死体は、心中と判断される。というのも男が某省の課長補佐で、汚職の追及を受けていたからだった。しかし、そこに疑念を抱いた警視庁の三原警部補と福岡署の鳥飼刑事のコンビネーションによって、絶妙のアリバイ崩しが展開されていく。その謎解きの背景となっていた汚職というテーマは、当時のミステリー界ではやはり斬新だった。

そうした官僚組織への関心はノンフィクションとして、一九六三年から一九六五年にかけて雑誌連載された『現代官僚論』に結実する。そこで官僚とは、政治的な影響を与える高級公務員であり、各省の事務次官、局長、有力課長と定義されているが、主要省庁の過去と現在を描き、その流れのなかで官僚主義の本質、そして権力志向を暴いていた。

いくら大臣が担当実務に精通していたとしても、その実務を担っているのは官僚である。国会審議のテレビ中継で、大臣の答弁に背後からサジェスチョンする官僚の姿はよく見かけるだろう。国会議員と官僚の駆け引きのなかで、日本のさまざまな施策が進められてきたのだ。

政治家の進退をも左右する大きな力を、官僚が持っているのが日本社会である。そこにはさまざまな許認可権が張り巡らされているからだ。いったん法律で定められたならば、なにごとも官僚の傘下になってしまう。〈松本清張プレミアム・ミステリー〉の一冊である『花氷《かひょう》』では、国有地の払い下げについて権謀術数が描かれていたが、各省庁の、そして各省庁が管轄する団体にはさまざまな許認可権があり、それが利権という悪の巣窟を育んでいく。そして官僚もまた人間である。欲望と策謀から逃れられないことは、これまで発覚したさまざまな事件で証明されているだろう。

しかし、『中央流沙』で注目すべきなのは、そうした欲望と策謀とはまた別の世界観、すなわち国家公務員のヒエラルキーという視点だ。山田事務官は将来を約束されたいわゆるキャリアではない。どうがんばっても先が知れているのだ。七、八年前まではキャリアにいくらか遠慮したものだが、〝停年を間ぢかに控えた彼〟には、もうそんな遠慮はない。上司の指示には唯々諾々と従っているが、そのシニカルな視線が官僚組織の本質を捉えている。

課長補佐の倉橋は組織の犠牲となってしまったが、山田はしたたかだ。現大臣と懇意なことを隠しもしない局長の岡村（ちなみに「ある小官僚の抹殺」には岡村という代議士が登場している）や、省内をわがもの顔に横行する西弁護士たちの汚職隠蔽工作を、じつに冷静に観察している。ただ、そこには正義感はない。余計な口出しもしない。山田はすっかり悟っているのだ。

よけいなことをきかなくてもいいという上司の意志が官僚の世界では一つの秩序になっていることが、やがてわかった。それが「政治」だということも知った。そして、どのような不審を持とうと、どのような疑問があろうと、ただ命じられた事務的な範囲内だけの確認にとどめて、それ以外はいっさい反問しないことにした。よけいなことをきくなというのは、こちら側としては、よけいなことをきいてはならぬということなのである。そして、それが下級官吏の保身の術だという哲学を彼はやがて得た。

しかし、誰もが納得するわけではない。そんな秩序への反発も抱くだろう。それが時には哀しい結末を迎えるのは、今も変わりないのである。

『中央流沙』は、週二回刊の「社会新報」（一九六五・十・六〜一九六六・十二・二十五）に連載されたのち、一九六八年一月に河出書房新社より刊行された。中公文庫（一九七四・五）と講談社文庫（一九八三・三）からも刊行されている。また、文藝春秋版『松本清張全集45』（一九八三・二）にも収録された。

この長編の連載が開始された一九六〇年代後半でも、松本氏は精力的な創作活動を見せている。『地の骨』、『私説・日本合戦譚』、『花氷』、『風圧』（刊行時に『雑草群落』と改題）、『小説東京大学』（刊行時に『小説東京帝国大学』と改題）、『鬼火の町』、『砂漠の塩』、そして全十三巻にもなった『昭和史発掘』を連載中だった。そして旅と歴史のコラボレーションが興味をそそる『Dの複合』の連載が、『中央流沙』と同時にスタートしている。

『中央流沙』の連載開始にあたって次のような「作者のことば」が寄せられていた（「社会日報」一九六五・九・十九）。

私は「現代官僚論」を二年がかりで某誌に書きつづけてきた。保守政党が官僚に命じ財界が政党に命じている。これがいまの日本の「政治」の姿である。だが、これは概念であって、理屈としては頭にはいるかもわからないが、感情にうったえるには小説しかない。

日本にはまだ「官僚」を主体とした小説がないので、これを書いてみたい。どういうものができるか、読者のご支援によって自信をうるしかない。

松本氏はここで日本の政治の姿を概念としているが、日本国民は今、それを実感しているのではないだろうか。しかし、政権与党と官僚の微妙な駆け引きに翻弄されている社会に、いつしか国民は慣らされてしまったのかもしれない。

『中央流沙』の連載開始直前、松本氏は「社会新報」（一九六五・九・十九）に「〝危機意識〟をもて」と題した一文を寄せている。アメリカの世界戦略に組み込まれてしまっていることや日韓問題について述べていた。それは二十一世紀のいまになっても解決されていない問題である。松本清張作品がいまなお新鮮なのは、日本社会の本質を的確に捉えていたからだろう。

一九七四年五月　中公文庫刊

※本文中に、比喩として「山田事務官とは人種の違いくらいに格段の差がある」「年増の芸者で、白豚のように肥えていた」「自分で捜すとなれば、せいぜい派出家政婦か、住み込みの女中か」「四十近い、それほど教養のない未亡人」「庶務か何かに属して雑役婦まがいの仕事だろうが」など、主に職業や社会的性差に関して、今日の観点からすると不快・不適切とされる表現が用いられています。しかしながら編集部では、本作が成立した一九六六年（昭和四一年）当時の時代背景、および作者がすでに故人であることを考慮した上で、これらの表現についても底本のままとしました。それが今日ある人権侵害や差別問題を考える手がかりになり、ひいては作品の歴史的価値および文学的価値を尊重することにつながると判断したものです。差別の助長を意図するものではないということを、ご理解ください。

【編集部】

光文社文庫

長編推理小説
中《ちゅう》央《おう》流《りゅう》沙《さ》　松《まつ》本《もと》清《せい》張《ちょう》プレミアム・ミステリー
著　者　松《まつ》本《もと》清《せい》張《ちょう》

2019年2月20日　初版1刷発行

発行者　鈴　木　広　和
印　刷　堀　内　印　刷
製　本　榎　本　製　本

発行所　株式会社　光　文　社
〒112-8011　東京都文京区音羽1-16-6
電話　(03)5395-8149　編　集　部
8116　書籍販売部
8125　業　務　部

ISBN978-4-334-77805-7　Printed in Japan

組版　萩原印刷